Paula Weinbach

W0313157

Dein Weg zur

Gelassenheit

Gelassenheit lernen und Stress reduzieren. Wie du glücklicher, entspannter und positiver durch's Leben gehst und dabei deine Achtsamkeit und Resilienz erhöhst.

Originale Erstausgabe Oktober 2020
verlegt durch KR Publishing.

Copyright © 2020 Paula Weinbach

Das Werk einschließlich aller Inhalte ist urheberrechtlich geschützt. Alle Rechte vorbehalten. Nachdruck oder Reproduktion (auch auszugsweise) in irgendeiner Form (Druck, Fotokopie oder anderes Verfahren) sowie die Einspeicherung, Verarbeitung, Vervielfältigung und Verbreitung mit Hilfe elektronischer Systeme jeglicher Art, gesamt oder auszugsweise, ist ohne ausdrückliche schriftliche Genehmigung des Autors untersagt. Alle Übersetzungsrechte vorbehalten.

Copyright © 2020 KR Publishing
Alle Rechte vorbehalten

1. Auflage

Bibliografische Information der Deutschen Nationalbibliothek

Die Deutsche Nationalbibliothek verzeichnet diese Publikation in der Deutschen Nationalbibliografie, detaillierte bibliografische Daten sind im Internet unter https://portal.dnb.de abrufbar.

Druck/ Auslieferung: Amazon oder Tochtergesellschaft
Independently published

ISBN:
978-3-948593-56-8 [ebook]
978-3-948593-57-5 [Taschenbuch]

Inhalt

Vorwort

Bist du wieder gestresst vom Alltag und hast wieder so viel zu tun, dass du gar nicht weißt, wo du anfangen sollst? Sehnst du dich nach mehr Ruhe und Entspannung in deinem Leben?

Dann wird es an der Zeit, deinen persönlichen Weg zu einem gelasseneren und glücklicheren Leben zu entdecken. Anstatt dich über die nervigen Mitmenschen und unfähigen Autofahrer im Berufsverkehr zu ärgern, kannst du einfach mal tief durchatmen und den Stress von dir abschütteln. Klingt einfacher, als es ist? Nein!

Dieses Buch wird dir dabei helfen, die 7 Stufen der Gelassenheit fast mühelos zu erklimmen und der Selbsttest wird dir zeigen, auf welcher Stufe du dich gerade befindest. So weißt du genau, welchen Schritt du als Nächstes gehen kannst. Ich zeige dir, wie du Schritt für Schritt negative Gedanken, Energieräuber und Stress aus deinem Alltag verbannst, sodass du endlich wieder durchatmen kannst.

Es gibt nichts Schöneres, als Abends entspannt ein gutes Buch zu lesen, in Ruhe einen Film zu schauen oder einfach Zeit mit den Liebsten zu verbringen, ohne ständig den Stress des Alltags im Nacken sitzen zu haben. Mein persönliches Ziel ist es, dir einen praxisorientierten Leitfaden an die Hand zu geben, mit dem du ohne viel Geschwafel und ohne Fachchinesisch an dein Ziel kommst: mehr Gelassenheit im Alltag.

Ich wünsche dir viel Erfolg mit diesem Buch

Deine Paula Weinbach

Unser Geschenk an dich!

Vielen Dank für den Kauf von diesem Buch und deinem damit verbundenen Vertrauen in uns als Herausgeber und in Paula Weinbach als Autorin dieses großartigen Buchs. Das bedeutet uns wirklich viel, weshalb wir dir den Ratgeber „Habit Hacks - 10 unscheinbare Schlüssel Gewohnheiten, die dein Leben verändern," als Download schenken - vollkommen gratis! Zudem möchten wir dir die Möglichkeit eines direkten Austauschs mit der Autorin anbieten. So kannst du z.B. deine Fragen, dein Feedback oder deine Anregungen Paula zukommen lassen - eine tolle Möglichkeit für die Kommunikation zwischen Leser und Autorin!

Diese kleinen und unscheinbaren Schlüssel Gewohnheiten verändern dein Leben - erfahre:

- ✓ wie eine kleine Veränderung beim Duschen deine Disziplin stärkt und dir einen Energiekick verschafft...
- ✓ wie eine Prise Salz dir einen Kickstart am Morgen verschaffen kann...
- ✓ wie eine kleine Einstellung an deinem Smartphone & Computer deinen Schlaf verbessert...
- ✓ noch weitere geniale und unscheinbare Habit Hacks!

Wenn du bereit bist, dein Leben mit einigen simplen Habit Hacks auf das nächste Level zu bringen, dann schaue am Ende nach deinem persönlichen Zugang.

Kapitel 1: Gelassenheit - Einführung in die Thematik

„Probier‘s mal mit Gemütlichkeit, mit Ruhe und Gemütlichkeit“, so lautet der Text eines Songs aus dem bekannten Disney Film „Das Dschungelbuch“. Ein Song, der letztendlich als Hymne der Gelassenheit bezeichnet werden kann und längst nicht nur Kinder zum Mitsummen bringt. Doch was genau ist eigentlich diese Gelassenheit, von der online wie offline immer wieder die Rede ist? Was bedeutet es, gelassen zu sein und welche Auswirkungen hat die besagte Gelassenheit auf Körper und Geist? Mit diesem ersten Kapitel wollen wir in die Thematik finden und uns einmal ganz genau ansehen, was es mit der vielbesungenen und oft empfohlenen Gelassenheit auf sich hat.

Was bedeutet Gelassenheit überhaupt?

Eine eindeutige und universell gültige Definition von Gelassenheit gibt es nicht. Dennoch will ich an dieser Stelle einen Versuch wagen, die Gelassenheit auf den Punkt gebracht zu beschreiben. Im ersten Schritt bediene ich mich zu diesem Zweck den Gegenteilen der Gelassenheit: Unruhe, Nervosität, Aufregung und allem voran Stress. Wer ruhig, nicht nervös, nicht aufgeregt und nicht im Stress ist, ist folglich gelassen. Bei der Gelassenheit handelt es sich um eine Geisteshaltung, die man sich vordergründig auf mentaler Ebene erarbeiten muss. Gelassenheit hat nicht mit dem Körperbau, dem Beruf, in dem man arbeitet, oder der Lebenssituation, in der man sich befindet, zu tun. Es geht vielmehr darum, wie man den Situationen, mit denen man konfrontiert wird und dem ganz normalen Wahnsinn des Alltags begegnet. Worte, die den Zustand der Gelassenheit beschreiben, sind:

- ✓ Innere Ruhe
- ✓ Ausgeglichenheit
- ✓ Beherrschung
- ✓ Bedachtsamkeit
- ✓ Besonnenheit
- ✓ Gefasstheit

- ✓ Mäßigung
- ✓ Seelenruhe
- ✓ Fassung
- ✓ Coolness
- ✓ Gleichmut
- ✓ Geduld
- ✓ Langmut
- ✓ Umsicht

Das alles sind letztendlich Aspekte der Gelassenheit. Wer gelassen ist, befindet sich im Einklang mit sich selbst, ist vollkommen ruhig, kann sich mühelos beherrschen, begegnet der Realität mit einer gewissen Gleichgültigkeit und handelt stets besonnen. Er lässt sich auch durch heikle Situationen nicht aus der Ruhe bringen, ruht quasi in sich selbst und schafft es, sein Schiff selbst im stürmischsten Gewässer gezielt und besonnen ans sichere Ufer zu lenken.

Welche Faktoren beeinflussen die Gelassenheit?

Eine gefestigte Gelassenheit ist nichts, was einem einfach so in den Schoß fällt. Auch wenn die Gelassenheit selbst nicht unbedingt greifbar ist, gibt es bestimmte Faktoren, die ihr zuträglich sind oder aber im Wege stehen.

Erziehung und Erfahrung

Unsere Erziehung und die Erfahrungen, die wir im Laufe unseres Lebens gesammelt haben, bestimmen, wie leicht es uns fällt, Gelassenheit walten zu lassen. Aufgeregte, immer auf extreme Vorsicht bedachte Eltern, die stets vom Schlimmsten ausgehen, ihre Sprösslinge am liebsten in Watte packen würden und jeden Tag mit in Sorgenfalten gelegter Stirn beginnen, vermitteln ihren Kindern zum Beispiel ein grundlegendes Gefühl der Unsicherheit und eine allgegenwärtige „Habachtstellung“. Genauso sorgt jede Erfahrung, in deren Rahmen sich zu viel Ruhe, Zurückhaltung, bedachter Optimismus, ruhiges Abwarten oder Passivität schädlich ausgewirkt hat, dafür, dass die Gelassenheit „abgeschafft“ wird. Wie in so vielen anderen Zusammenhängen, wird also die grundlegende Einstufung der Gelassenheit als positiv oder negativ stark durch die Erziehung und die Erfahrungen, die beim Heranwachsen und im Laufe des Lebens gesammelt werden, beeinflusst.

Starke Emotionen und Impulsivität

Jeder Mensch erlebt von Zeit zu Zeit Emotionen, die ihn kurzzeitig aus der Fassung bringen. Das ist normal und eigentlich auch richtig und wichtig, hat doch jede Emotion ihre Daseinsberechtigung und dient letztendlich der Sicherung des Überlebens und des Wohlbefindens. Das emotionale Erleben unterscheidet sich in seiner Intensität jedoch von Mensch zu Mensch. Manche Menschen erleben Emotionen im Durchschnitt deutlich schwächer als andere. Menschen, deren Emotionswelt für gewöhnlich eher stark und intensiv gestaltet ist, tun sich in aller Regel schwerer damit, zur Gelassenheit zu finden als solche, deren Emotionen ohnehin eher gedämpft und zurückhaltend ausfallen. Mit starken Emotionen geht zudem oftmals eine gewisse Impulsivität einher. Das reiche, kraftvolle Gefühlserleben zwingt einen nahezu dazu, den Gefühlen entsprechend zu handeln – auch wenn dies in der Retrospektive nicht mehr unbedingt vernünftig oder angemessen erscheint. Impulsive Handlungen haben wenig mit Gelassenheit zu tun, denn sie geschehen nicht besonnen oder durchdacht, sondern ganz spontan und einem momentanen emotionalen Impuls folgend.

Selbstsicherheit und Selbstvertrauen

Je höher Selbstsicherheit und Selbstvertrauen ausfallen, desto leichter ist es in vielen Situationen, gelassen zu sein. Wer sich selbst gar nicht so genau kennt und kein Vertrauen in die eigene Wahrnehmung und Urteilskraft legt, kann sich niemals ohne die Bestätigung anderer sicher fühlen und hat somit kaum eine Chance, gelassen zu agieren. Aus diesem Grund konzentriert sich Kapitel 11 speziell auf die Entwicklung von Selbstsicherheit und Selbstvertrauen.

Angst vor Fehlern

Fehler zu machen ist menschlich. Theoretisch ist das den meisten Menschen – und vermutlich auch dir – bewusst, doch es hapert an der praktischen Umsetzung. Viele Situationen im Privat- und Berufsleben können aber nur gelassen gemeistert werden, wenn man keine Angst davor hat, etwas falsch zu machen. Natürlich denkt keiner: „Juhu, ein Fehler." Mit genügend Gelassenheit ist es aber möglich, Dinge zu tun, ohne dass einem die Angst zu versagen im Nacken sitzt. Und auch wenn die Fehler tatsächlich passieren, sorgt eine gelassene Haltung dafür, dass man möglichst wenig Schaden davon trägt und zeitgleich möglichst viel daraus lernt. Je weniger Angst man hat, Fehler zu machen, desto gelassener kann man eine Sache angehen.

Überbewertung der Wahrnehmung anderer

Findet er meinen Rock zu kurz? Denkt der Chef vielleicht, dass meine Aussage uninformiert und dumm war? Findet sie mich zu dick? Hat mein Lachen gerade hysterisch gewirkt? Sagen die Blicke meines Kollegen, dass meine neue Haarfarbe mir nicht steht? Sollte ich lieber still sein, weil meine beste Freundin so komisch guckt? Viele Menschen messen der Wahrnehmung anderer eine unglaublich große Bedeutung bei. Sie fragen sich ständig, was der Rest der Welt von ihnen hält, anstatt sich auf ihr Selbstbild und damit auf das, was wirklich zählt, zu konzentrieren. Sie verlieren ihre eigene Meinung im Tsunami der möglichen Ansichten um sie herum. Die Überbewertung der Wahrnehmung anderer wirkt sich äußerst negativ auf die Gelassenheit aus. Logisch: Wer kann schon gelassen sein, wenn er ständig versucht, allem und jedem gerecht zu werden und zu gefallen?

Perfektionismus

Der Perfektionismus hängt in gewisser Weise mit der Angst vor Fehlern zusammen – auch wenn es sich hier oftmals um Fehler handelt, die eigentlich gar keine sind und nur individuell als solche gewertet werden. Unter dem Druck immer perfekt zu sein, bricht die Gelassenheit schnell zusammen. Denn eine ständige Perfektion kann schlicht und einfach nicht erreicht werden, zumindest nicht auf Dauer.

Einstellung und Mindset

Im Endeffekt ist die Gelassenheit reine Einstellungssache. Das mag zwar stark vereinfacht dargestellt sein, ist aber wahr. Das Mindset entscheidet in höchster Instanz darüber, wie gelassen man durchs Leben geht. Mehr zu diesem Thema erfährst du in Kapitel 12.

Der gelassene Körper: Was bewirkt Gelassenheit auf körperlicher Ebene?

Wie bereits erwähnt, ist die Gelassenheit eine Geisteshaltung und hat somit vorerst nicht viel mit dem Körper zu tun. Doch wie bei so vielem besteht auch in diesem Fall eine Verbindung in Form einer Wechselwirkung zwischen Körper und Geist. Der Körper bleibt also nicht unberührt von einem gelassenen Geist. Wirklich deutlich und im Moment greif- und spürbar wird dieser Zusammenhang aber nur, wenn zur Gelassenheit als dauerhafte mentale Haltung die vorübergehende Entspannung kommt. Denn selbst wer die Gelassenheit zu 100 % verinnerlicht hat, ist nicht immer entspannt – zumindest nicht körperlich. Ansonsten würde ein gelassenes Leben jede körperliche Anspannung und Anstrengung ausschließen. Dabei ist es vollkommen im Bereich des Möglichen, gelassen an einem Marathon teilzunehmen, auch wenn der Körper beim Laufen natürlich nicht entspannt ist. Andersherum ist es möglich, bequem auf dem Sofa zu liegen, wobei der Körper durch mangelnde Gelassenheit dennoch nicht wirklich entspannen kann. Kommen Gelassenheit und Entspannung zusammen, wirkt sich dies folgendermaßen auf den Körper aus:

✓ Niedriger Blutdruck

Zum einen ist ein niedrigerer Blutdruck zu beobachten. Immer dann, wenn du dich aufregst, anstrengst oder angespannt bist, erhöht sich dein Blutdruck ganz automatisch. Dein Herz schlägt schneller und pumpt somit mehr Blut pro Zeiteinheit durch deine Adern, um die

Organe bestmöglich zu versorgen. Denn: Im ganz ursprünglichen Sinne muss sich der Körper auf eine Flucht oder einen Kampf vorbereiten. Anders ist es, wenn du gelassen und entspannt bist. Dein Körper „fühlt" sich sicher und sieht keine Notwendigkeit für eine erhöhte Blutversorgung der Organe. Das alles ist allerdings relativ zu sehen, da noch viele weitere Faktoren den Blutdruck beeinflussen.

✓ Entspannte Muskeln

Vielleicht kennst du folgende Situation: Du liegst auf dem Sofa und siehst dir deine Lieblingsserie an. Eigentlich ein sehr entspannter Moment, würdest du nicht pausenlos über den heftigen Streit, den du mit deiner besten Freundin hattest, nachgrübeln. Irgendwann – spätestens, wenn du am nächsten Tag Muskelkater und Schmerzen im Kiefer hast – fällt dir auf, dass du die ganze Zeit über deine Zähne zusammengebissen und die Kaumuskulatur angespannt hast. Du dachtest also vielleicht, du seist entspannt, warst es aber nicht, was dein Körper dir ganz klar verrät. Gehen Gelassenheit und Entspannung Hand in Hand, ist die Muskulatur entspannt. Sie fühlt sich eher schwer an. Der Körper ist nicht in „Habachtstellung", sondern lässt los und erlaubt sich ein Dasein in Ruhe.

✓ Tiefe Atmung

Um vermeintlich mehr Sauerstoff in die Lungen zu pumpen, atmen wir automatisch schneller und flacher, wenn wir zum Beispiel Angst haben, wütend sind oder uns in Aufregung befinden. In gelassenen und entspannten Momenten wird die Atmung dagegen wie von selbst tiefer. Die Atemzüge werden länger und du kannst spüren, wie die Luft tief in deine Brust oder deinen Bauch hineingesogen wird.

Zusammenfassend können wir also festhalten, dass Gelassenheit und Entspannung zusammen dafür sorgen, dass der Körper ruhig wird, sich manche Prozesse im Organismus verlangsamen und wir körperlich zur Ruhe kommen. Wir haben es hier mit einem qualitativ hochwertigen Ruhezustand zu tun, der dem körperlichen Zustand im

Schlaf nahekommt und eine bedingte Regeneration erlaubt. Fakt ist: Gelassenheit tut unserem Körper gut.

Der gelassene Geist: Wie wirkt sich Gelassenheit auf die Psyche aus?

Deutlich gravierender fallen die Auswirkungen der Gelassenheit auf die Psyche und den Geist aus. Kein Wunder, immerhin haben wir es mit einer geistigen Haltung zu tun. Diese Veränderungen sind mit mehr Gelassenheit auf mentaler Ebene zu erwarten:

Klare Gedanken

Gelassenheit kann einem wortwörtlich zu einem „klaren Kopf" verhelfen. Gedanken lassen sich präzise fassen und verknüpfen, Empfindungen und Erlebnisse können gezielter in Worte gefasst werden und auch das Erinnern an wichtige Gedankenstränge fällt leichter, weil sie nicht im Meer der eigentlichen Nichtigkeiten untergehen.

Weniger Grübeln

Gelassene Menschen grübeln weniger. Das lästige und teils wirklich belastende Gedankenkreisen (siehe Kapitel 15), das du womöglich aus eigener Erfahrung kennst, tritt viel seltener auf und lässt sich leichter auflösen. Der gelassene Mensch denkt vermehrt proaktiv und konstruktiv, was dem Grübeln entgegenspricht.

Mehr Optimismus und bessere Laune

Beobachtungen zeigen, dass es gelassenen Menschen oft leichter fällt, optimistisch zu denken. Sie verzichten darauf, sich hunderte Worst-Case-Szenarien auszumalen und konzentrieren sich viel mehr auf das, was ist, als auf das, was sein könnte. Im Endeffekt führt das auch dazu, dass sich das emotionale Innenleben stabilisiert und man häufiger gut gelaunt ist.

Bessere Konzentration

Anspannung und Stress sind die Gegenspieler einer echten Konzentration. Sind sie präsent, hat der Körper wichtigeres zu tun und kann die Gehirnleistung nicht in vollem Umfang zum Lösen einer Matheaufgabe oder zur Bearbeitung eines anspruchsvollen Projekts einsetzen. Besonders deutlich wird dies, wenn man mit Tieren mit ausgeprägtem Fluchtinstinkt, zum Beispiel mit Pferden, arbeitet. Diese Tiere geraten naturgemäß vergleichsweise schnell in Stress und sind dann nur noch darauf bedacht, sich zügig in Sicherheit bringen zu können, sollte dies nötig werden. Kein Knowhow, kein Erfahrungsschatz und keine Technik der Welt kann einem gestressten Pferd etwas beibringen. Einfach deshalb, weil das Tier nicht mehr aufnahmefähig ist, sobald es in Stress gerät. Wir Menschen sind keine Fluchttiere, doch auch unsere Aufnahmefähigkeit hängt vom Stresslevel ab. Je mehr Stress, desto weniger können wir uns auf etwas anderes als auf die Sache, die uns stresst, konzentrieren. Gelassenheit trägt entsprechend zu einer verbesserten Konzentrationsfähigkeit bei.

Leichteres, schnelleres Einschlafen

Wenn du zu den Menschen gehörst, die zeitweilig Probleme beim Ein- und Durchschlafen haben, könnte dir die Gelassenheit ebenfalls weiterhelfen. Denn der Großteil der Schlafprobleme hat psychische Ursachen. Oftmals scheitert es am „Abschalten“ und „Loslassen“. Die Gelassenheit macht dies leichter und begünstigt somit ein leichtes Einschlafen und ein sicheres Durchschlafen.

Das Wichtigste in Kürze

✓ Gelassenheit steht unter anderem für die Abwesenheit von Stress, die Besonnenheit, die Sicherheit, den Langmut, die Umsicht, die Entspannung und die innere Ruhe.

✓ Wie gelassen man ist, hängt von vielen Faktoren, darunter der Erziehung, den gemachten Erfahrungen und der inneren Einstellung ab. Perfektionismus, die Angst vor Fehlern, die Überbewertung der Meinung anderer und viele weitere Aspekte können sich negativ auf die Gelassenheit auswirken.

✓ Ist der Körper gelassen und entspannt, sinkt der Blutdruck, der Atem wird tiefer und die Muskeln entspannen sich.

✓ Ein gelassener Geist beeinflusst mitunter das Ein- und Durchschlafen, die Konzentrationsfähigkeit und die Stimmung auf positive Weise.

Kapitel 2: Stress – Der Erzfeind der Gelassenheit

Ein Wort, das dir in diesem Buch bereits begegnet ist und noch oft begegnen wird, ist „Stress“. Hier haben wir es mit dem erklärten Erzfeind der Gelassenheit zu tun, denn man kann unmöglich gleichzeitig vollends gelassen und unglaublich gestresst sein. Nun ist Stress natürlich etwas, mit dem wir im ganz normalen Alltag immer wieder in Kontakt kommen. Für viele Menschen ist der Stress ein täglicher Begleiter. Doch was meinen wir eigentlich, wenn wir sagen, dass wir im Stress sind? Was genau ist dieser Stress, wie wirkt er sich aus und worin ist seine beinahe Allgegenwärtigkeit begründet? In diesem Kapitel nehmen wir das Thema Stress genau unter die Lupe und bemühen uns, den größten Feind der Gelassenheit kennenzulernen. Ganz nach dem vielzitierten Motto: Sei deinen Freunden nah, aber sei deinen Feinden noch näher.

Was verstehen wir unter Stress?

Begibt man sich auf die Suche nach einer Definition für Stress, erhält man ein recht unbefriedigendes Ergebnis, denn die eine, ultimative Definition scheint es nicht zu geben. Oftmals wird Stress jedoch als körperliche oder seelische Anspannung beschrieben, was zwar weit gefasst ist, den Nagel aber eigentlich ziemlich genau auf den Kopf trifft. Als Gegenteil von Entspannung steht die Anspannung für einen Zustand der körperlichen oder geistig-/seelischen Belastung. Und genau das ist Stress.

Die beiden Arten von Stress: Eustress vs. Disstress

Stress ist nicht gleich Stress. Denn zunächst einmal ist Stress subjektiv. Was den einen in puren Stress versetzt, meistert der andere vollkommen ausgeglichen. Und dann wird Stress auch noch ganz individuell empfunden. Man könnte also fast sagen, dass es so viele Arten von Stress gibt, wie es Menschen und Situationen gibt. Um Stress greifbarer zu machen und wirklich mit dem Begriff arbeiten zu können, muss dennoch eine Kategorisierung erfolgen. Dies geschieht durch die Einordnung in positiven und negativen Stress. Genauer gesagt sprechen wir von diesen beiden „Arten" von Stress:

Eustress

Eustress wird gemeinhin als positiver Stress bezeichnet. Nein, du hast dich nicht verlesen: Es gibt tatsächlich Stress, der an und für sich gut ist. Er ist zeitlich begrenzt und motiviert dich dazu, etwas anzupacken, eine Herausforderung anzunehmen oder einen wichtigen Schritt zu machen. Er sorgt dafür, dass du das Beste aus dir herausholen und dich weiterentwickeln kannst. Wichtig: Die Herausforderung ist in diesem Falle zu meistern und der Schritt ist erstrebenswert für dich. Eustress fordert dich, du bist aber nicht überfordert. Einige Beispiele für Situationen, in denen Eustress auftritt, sind:

- Der Moment vor dem ersten Kuss
- Der Morgen, an dem du eine neue Stelle antrittst
- Die Minuten vor einem Wettkampf, auf den du dich gut vorbereitet hast

Durch den Eustress fühlst du dich stark und gewappnet. Sobald die Situation vorüber ist, verschwindet der positive Stress und wird von der Entspannung abgelöst.

Disstress

Der negative Stress wird auch Disstress genannt. Er ist in diesem Buch gemeint, wenn wir vom Stress als Feind der Gelassenheit sprechen. Disstress entsteht zumeist durch eine Überforderung. Deine Kompetenzen, Fähigkeiten und zeitlichen sowie kräftemäßigen Kapazitäten sind niedriger als die Aufgabe, die vor dir liegt, es erfordert, wodurch du dich maßlos überfordert, ausgeliefert und hilflos fühlst. Du bist bis in die Haarspitzen angespannt, gereizt und zeitgleich erschöpft. Eustress wird nicht nur dann zu Disstress, wenn eine Überforderung vorliegt, sondern auch dann, wenn die Entspannungsphasen zwischen den kurzen Stresszeiten fehlen. Wirst du von Energie durchflutet und etwas zittrig bevor eine große Präsentation im Job beginnt, ist das Eustress, bist du jedoch den gesamten Arbeitstag über überlastet und gestresst, befindest du dich eindeutig im Bereich des Disstress. Dabei ist es egal, ob die Überlastung körperlicher oder psychisch-seelischer Natur ist.

Die Grenzen zwischen Eu- und Disstress sind in der Praxis oft fließend. Was sich gerade noch aufregend und irgendwie beflügelnd angefühlt hat, kann binnen Minuten zum beängstigenden und belastenden Stressgefühl werden – und zwar dann, wenn die Forderung zur Überforderung, die Herausforderung zur scheinbar unüberwindbaren Hürde und der wichtige Schritt zum vermeintlichen Fehler wird – oder ganz einfach, wenn die Entspannung fehlt und der Stress zu lange anhält.

Unvermeidbarer vs. vermeidbarer Stress

Gängig ist auch die Kategorisierung in unvermeidbaren und vermeidbaren Stress. Sowohl Eu- als auch Disstress kann hier in beide Kategorien fallen. Vermeidbar ist Stress, den wir uns quasi selbst machen. Wir könnten ihn verhindern, indem wir etwas tun oder etwas unterlassen. Anders sieht es beim unvermeidbaren Stress aus: Er trifft uns unmittelbar und lässt uns keine Wahl. Mit ziemlicher Sicherheit kennst du beide dieser Stressarten, auch wenn es dir womöglich noch schwer fällt, sie voneinander zu unterscheiden. In Kapitel 10 lernst du, wie du den Stress, den du erlebst, richtig einordnen – also zum Beispiel als Eu- oder Disstress sowie als vermeidbaren oder unvermeidbaren Stress erkennen – kannst.

Wie wirkt sich Stress auf den Körper aus?

Der Körper unterscheidet im Grunde nicht zwischen Eu- und Disstress und reagiert ganz einfach so, wie er es schon bei unseren frühsten Vorfahren getan hat, die noch weit davon entfernt waren, Stress überhaupt als solchen zu definieren.

Kurzzeitige körperliche Stressreaktionen

Zuerst sehen wir uns die Prozesse an, die in dem Moment, in dem wir Stress empfinden, in Gang gesetzt werden:

✓ Freisetzung von Stresshormonen und Nervenbotenstoffen

Verantwortlich für alle weiteren körperlichen Reaktionen sind die Stresshormone und Nervenbotenstoffe, die augenblicklich freigesetzt werden. Zu ihnen gehören mitunter Noradrenalin, Adrenalin und Kortisol. Diese Stoffe können gewissermaßen als Stressmanager des Organismus angesehen werden.

✓ Weiten der Bronchien

Fast ebenso prompt weiten sich die Bronchien. Warum? Ganz einfach: Auf diese Weise kann mehr Sauerstoff aufgenommen werden.

✓ Erhöhung des Blutzuckerspiegels

Gleichzeitig wird mehr Zucker an das Blut abgegeben und der Blutzuckerspiegel steigt. Dadurch wird die Energieversorgung auf ein Höchstlevel angehoben.

✓ Erhöhung des Blutdrucks / Beschleunigung des Herzschlags

Damit Sauerstoff und Zucker möglichst schnell und in großen Mengen dort ankommen, wo sie gebraucht werden, beschleunigt sich der Herzschlag und der Blutdruck steigt.

✓ Verzögerung der Verdauung

Um alle verfügbare Energie in die Bewältigung der Stresssituation stecken zu können, verzögert der Körper die Verdauung, da diese in einer Situation, in der es womöglich ums nackte Überleben geht, zu vernachlässigen ist.

✓ Hemmung des Schmerzempfindens

Hinzu kommt eine Hemmung des Schmerzempfindens. Bei akutem Stress wird Schmerz entsprechend weniger stark wahrgenommen und man kann um einiges mehr ertragen.

Kurzum: Der Körper macht sich flucht- und kampfbereit, stoppt zweitrangige Prozesse und konzentriert sich voll und ganz auf das Bereitstellen der notwendigen Ressourcen. Begleitend zeigen sich oftmals diese Symptome, die man leicht an sich selbst beobachten kann:

- Zittern der Hände
- Schwitzen der Handflächen
- Geweitete Augen und Nasenflügel
- Trockener Mund
- „Rauschen“ in den Ohren
- Flaues Gefühl im Magen
- Herzklopfen

Körperliche Langzeitfolgen von Stress

Alles, was im Zuge der Stressreaktion im Körper geschieht, dient einem Zweck und ist erst einmal nicht schädlich. Das gilt aber nur, solange auf den Stress eine Phase der Entspannung folgt und der Stress nicht zum Dauerzustand wird, der den größten Teil des Lebens beherrscht. Zu viel Stress aber kann auf lange Zeit gravierende gesundheitliche Folgen nach sich ziehen:

✓ Immunsystem

Im ersten Moment läuft das Immunsystem durch die Stressreaktion auf Hochtouren. Zu viel Stress kann das körpereigene Abwehrsystem jedoch nachhaltig schwächen, denn der hohe Kortisol-Spiegel behindert die Produktion von Abwehrzellen. In der Folge haben Viren ein leichteres Spiel und man ist anfälliger für Infektionskrankheiten. Außerdem dauert die Genesung länger. Ein Anzeichen für ein stressgeschwächtes Immunsystem ist zum Beispiel Herpes.

✓ Magen-Darm-Trakt

Besonders häufig manifestiert sich Dauerstress in Magen-Darm-Beschwerden. Die Stresshormone kurbeln die Produktion von Magensäure an, was zu einer Entzündung der Magenschleimhaut und letztendlich zum Entstehen von Magengeschwüren führen kann. Außerdem kommt es zu Sodbrennen und auch die typischen Symptome des Reizdarmsyndroms sind häufig mit Stress in Verbindung zu bringen. Zu ihnen zählen Durchfall, Blähungen, Magenkrämpfe und Bauchweh, Völlegefühle, laute Darmgeräusche und Übelkeit.

✓ Herz-Kreislauf-System

In Bezug auf die Gesundheit des Herz-Kreislauf-Systems und Stress sind die Forschungsergebnisse eindeutig: Wer unter Dauerstress steht, hat etwa doppelt so oft mit Herz-Kreislauf-Erkrankungen zu kämpfen. Charakteristische Warnzeichen sind Bluthochdruck, Gefäßablagerungen und erhöhte Blutfettwerte. Im Endeffekt steigt das Risiko eines Herzinfarkts. Daneben sind Herzrhythmusstörungen nicht selten, die sich dann durch Herzrasen, Schwindel und Schmerzen beziehungsweise Engegefühlen in der Brust bemerkbar machen.

✓ Muskeln

Ein dauerhaft hoher Adrenalin- und Kortisol-Spiegel resultiert in Muskelverspannungen und Muskelschmerzen, meist im Bereich der Nacken-, Schulter- und Rückenmuskulatur. Diese Verspannungen hemmen wiederum den Blutfluss zum Gehirn und begünstigen somit Kopfschmerzen und Migräneanfälle.

✓ Gehirn und Nerven

Auch der Hippocampus, ein Teil des Gehirns, der unter anderem das Gedächtnis beherbergt, wird in Mitleidenschaft gezogen. Die Folge sind Konzentrationsstörungen und Vergesslichkeit.

✓ Blutzuckerregulation

Was vielen Menschen nicht bewusst ist, ist, dass Stress zu den Diabetes Risikofaktoren gehört. Wie du bereits weißt, steigt der Blutzuckerspiegel unter Stress an. Gleichzeitig reduzieren die stressbedingten Nervenbotenstoffe die Insulinwirkung, wodurch die Blutzuckerregulation stark beeinträchtigt wird. Im Endeffekt ergibt sich so ein ständig erhöhter Blutzuckerspiegel – es liegt eine Diabeteserkrankung des zweiten Typs vor. Diese ist mitunter an Müdigkeit und Erschöpfung, starken und schier unstillbaren Durstgefühlen, vermehrtem Harndrang und einer schlechten Wundheilung zu erkennen.

✓ Haut

Stress löst zwar nur äußerst selten Hautkrankheiten aus, kann bereits bestehende Erkrankungen dieser Art jedoch immens verstärken. Neurodermitis, Schuppenflechten und Nesselsucht sind nur einige der Hautkrankheiten, die sich bei Dauerstress verschlimmern.

✓ Geschlechtsorgane

Da Kortisol die Ausschüttung von Testosteron senkt, kann Stress bei Männern Impotenz und Erektionsprobleme verursachen. Bei Frauen werden dagegen die Libido und der Menstruationszyklus beeinträchtigt.

Du siehst: Stress sollte keinesfalls auf die leichte Schulter genommen werden, denn die möglichen langfristigen Folgen können die Gesundheit, das Wohlbefinden und letztendlich die Lebensqualität negativ beeinflussen.

Die psychischen Folgen von Stress

In vielen Fällen ist die Psyche kaum weniger von Dauerstress betroffen als die körperliche Gesundheit. Auf psychischer Ebene sind diese Beschwerden und Erkrankungen typisch:

✓ Nervosität und Unruhe

Dauergestresste Menschen leiden oft unter ständiger Nervosität und einer extremen inneren Unruhe. Sie fühlen sich innerlich getrieben und schaffen es selbst dann nicht mehr, zu entspannen, wenn die besten Voraussetzungen dafür gegeben sind. Sie sind müde und erschöpft, finden aber niemals die Ruhe und Erholung, die sie so dringend brauchen.

✓ Reizbarkeit und emotionale Unausgeglichenheit

Viele Menschen, die unter Dauerstress stehen, berichten von einer hohen Reizbarkeit und einem fehlenden emotionalen Gleichgewicht. Sie werden schneller wütend oder traurig, rasen von einem emotionalen Extrem ins andere und sind sehr reizbar. Manchmal führt diese emotionale Achterbahn dazu, dass das Gehirn emotional „abschaltet". Betroffene empfinden das so, als würde innerlich ein Schalter umgelegt werden: Plötzlich fühlen sie gar nichts mehr, was – je länger dieser Zustand anhält – seine ganz eigenen Belastungsfaktoren mit sich bringt.

✓ Depressionen

Wissenschaftlich belegt ist mittlerweile, dass Stress – oftmals im Zusammenspiel mit anderen begünstigenden Umständen – Depressionen verursachen kann. Hier handelt es sich um einen schleichenden Prozess. Die Depression kommt nicht über Nacht, sondern entwickelt sich langsam und stetig, sodass man sie manchmal erst als solche erkennt, wenn man schon recht tief drinsteckt. Deshalb gilt es, achtsam zu sein und insbesondere auf diese gängigen Symptome einer Depression zu achten:

- Antriebslosigkeit
- Niedergeschlagenheit und Freudlosigkeit
- Kraftlosigkeit und Müdigkeit
- Verlust des Interesses an Dingen und Tätigkeiten, die einem früher einmal Freude bereitet haben
- Phasen der inneren Leere
- Appetitlosigkeit oder gesteigerter Appetit
- Schlafstörungen
- Vermehrt negative Gedanken, Grübeln und Gedankenkreisen
- Konzentrationsprobleme
- Bedürfnis nach sozialem Rückzug
- Gemindertes Selbstwertgefühl
- Weitreichende Gleichgültigkeit und Resignation
- Starke und plötzliche Stimmungsschwankungen
- Perspektivlosigkeit
- Suizidgedanken
- Selbsthass
- Selbstverletzendes Verhalten

Solltest du eines oder mehrere dieser Symptome bei dir beobachten, solltest du nicht zu lange damit warten, dir Hilfe zu suchen. Denn: Depressionen sind behandelbar und in sehr vielen Fällen heilbar. Die Therapie setzt sich – je nach Schweregrad und individuellem Einzelfall – aus Psychotherapie und einer medikamentösen Behandlung zusammen.

✓ Burn-Out

Das Burn-Out-Syndrom ist eine Art der Depression, die sich hauptsächlich durch einen anhaltenden, tiefen Erschöpfungszustand äußert und in sehr engem Zusammenhang mit Dauerstress steht. Die Symptome, die im Absatz der Depression geschildert wurden, sind 1:1 auf das Burn-Out-Syndrom anzuwenden. Auch hier empfiehlt sich eine möglichst frühzeitige Reaktion in Form eines abklärenden Arztbesuches und einer eventuellen anschließenden Behandlung mittels Medikamenten und/oder Psychotherapie.

✓ Angst- und Panikstörungen

Eine Angst- oder Panikstörung beschreibt den Zustand intensiver, extrem starker Angst. Eine Panikattacke kann durch Dauerstress ausgelöst werden, und zwar dann, wenn besonders viele Stressfaktoren zusammenkommen und die Grenzen des Erträglichen gesprengt werden. Betroffene leiden unter diesen Symptomen:

- Herzrasen und lautes Herzklopfen
- Engegefühl in Brust und Hals
- Atemnot, Kurzatmigkeit und das Gefühl, zu ersticken
- Kälteschauer und Hitzewallungen
- Schwindel, Benommenheit und „Schockstarre“
- Übelkeit und Bauchschmerzen
- Schweißausbrüche
- Ohnmacht

Für Betroffene sind die Attacken extrem belastend, weshalb der Gang zum Arzt in der Regel unumgehbar ist.

Stress im Wandel der Zeit

Wie schon mehrfach angesprochen wurde, ist Stress an und für sich ein nützlicher Zustand, der ganz grundlegend der Sicherung des Überlebens dient. Unsere frühen Vorfahren, die als Jäger und Sammler lebten, kannten Stress eigentlich nur in Situationen, in denen eine akute Gefahr für Leib und Leben bestand. Sie gerieten beispielsweise in Stress, wenn sie sich auf der Jagd einem gefährlichen Raubtier gegenübersahen – eine Situation, in der ein schnelles Handeln bei voller Leistungsfähigkeit gefragt ist, welches durch die körperlichen Stressreaktionen ermöglicht wird. Heute sehen wir uns nur äußerst selten mit derartigen Gefahrensituationen konfrontiert – oder wann standest du zuletzt einem zur vollen Größe aufgerichteten, brüllenden und hungrigen Bären gegenüber? Eben. Unser heutiges Leben ist nicht mehr mit dem unserer Vorfahren zu vergleichen, doch unser Körper verhält sich in Bezug auf die Stressreaktion immer noch exakt gleich. Der Bär ist weg, an seine Stelle sind jedoch andere Stressoren, zum Beispiel Zeit- und Leistungsdruck, getreten. Der Stress unserer Vorfahren war nützlicher Eustress, Disstress war so gut wie nicht existent. Denn: Sobald die Gefahr, die von dem Bären ausging, durch Flucht oder Kampf gebannt war, verabschiedete sich der Stress und man konnte sich entspannen. Da die Jäger und Sammler nur in absoluten Extremsituationen in Stress gerieten, war dieser Zustand für sie keinesfalls normal, sondern die Ausnahme. Nur noch wenige Menschen können dies heute von sich und ihrem Leben behaupten. Stress ist allgegenwärtig und wird daher viel zu oft als Normalzustand akzeptiert. Schließlich bedeutet „normal“ nichts anders als „der Norm entsprechend“ und die Norm definiert sich in diesem Fall dadurch, was der Großteil von uns auf täglicher Basis erlebt. Wir sind gestresst und die meisten von uns geben das auch ganz offen zu. Um es auf die Spitze zu treiben, wird Stress in unserer Leistungsgesellschaft sogar als etwas Gutes und Erstrebenswertes angesehen. Stress gleich Produktivität und Produktivität gleich Wert und Anerkennung, oder? Hier gehen wir einem weit verbreiteten Irrglauben auf den Leim, denn wie dir bekannt ist, wirkt sich Stress in Dauerschleife keineswegs positiv auf die Konzentration und die Leistungsfähigkeit aus. Im besten Fall machen wir es also so wie unsere Vorfahren und stressen uns nicht, solange uns kein Bär fressen will. Dieses Buch soll dir dabei helfen, deinen Weg zu weniger Disstress und mehr Gelassenheit zu finden und diesen Weg mutig und bestimmt zu gehen.

Das Wichtigste in Kürze

✓ Stress ist ein Zustand der körperlichen und/oder psychisch-seelischen Anspannung.

✓ Wir unterscheiden zwischen Eustress (positivem Stress) und Disstress (negativem Stress) sowie zwischen vermeidbarem und unvermeidbarem Stress.

✓ Wenn der Stress einsetzt, werden verschiedene Prozesse im Körper in Gang gesetzt: Die Bronchien weiten sich, es werden vermehrt Nervenbotenstoffe und Stresshormone ausgeschüttet, der Blutzuckerspiegel und der Blutdruck steigen, die Verdauung wird gehemmt und das Schmerzempfinden sinkt.

✓ Die körperlichen Langzeitfolgen von Stress beeinträchtigen mitunter das Immunsystem, das Herz-Kreislauf-System, den Magen-Darm-Trakt, das Gehirn, die Muskulatur, die Haut, die Geschlechtsorgane und die Blutzuckerregulation. Auf lange Sicht kann Dauerstress entsprechend ernsthafte Folgen für die Gesundheit nach sich ziehen.

✓ Auf psychischer Ebene kann Dauerstress zu Panikattacken, Depressionen und Burn-Out sowie zu anhaltender innerer Unruhe, Gereiztheit und emotionaler Instabilität führen.

✓ Während unsere frühen Vorfahren Stress nur in Extremsituationen und folglich als Eustress kannten, ist Stress heute leider zum „Normalzustand“ mutiert. Oftmals fehlen die Entspannungsphasen und Disstress macht sich breit.

Kapitel 3: Die Vorteile der Gelassenheit

Während wir auf das Thema Stress später in diesem Buch zurückkommen, wenden wir uns nun zunächst wieder der Gelassenheit zu und machen uns bewusst, welche konkreten Vorteile diese mit sich bringt. Dieses Kapitel soll dir vor Augen führen, warum es sich lohnt, mehr Gelassenheit in deinem Leben willkommen zu heißen und dich dazu motivieren, dich auf die spannende Reise hin zum gelassenen Sein zu begeben.

Weniger gesundheitliche Risiken und mehr Wohlbefinden

Im letzten Kapitel haben wir uns ausführlich mit den gesundheitlichen Risiken von Disstress auseinandergesetzt. Wenn du ein gelasseneres Leben führst, tust du also aktiv etwas dafür, sowohl körperlich als auch psychisch gesünder zu werden und es zu bleiben. Natürlich eliminiert die Gelassenheit nicht sämtliche Gesundheitsrisiken, doch die stressbedingten kannst du mit ihr hinter dir lassen.

Mehr Selbstvertrauen und Selbstsicherheit

Selbstvertrauen und Selbstsicherheit sind nicht angeboren. Das Maß, in dem sie vorhanden sind, wird jedoch signifikant von der Erziehung und den Erfahrungen, die wir im Laufe des Lebens sammeln, beeinflusst. Daneben ist es vor allem die Lebenseinstellung und das innere Mindset, die bestimmen, wie viel Vertrauen du in dich selbst legst und wie sicher du dir deiner selbst, deiner Werte und deiner Fähigkeiten bist. Gelassen zu sein hilft dir dabei, dir weniger selbst im Weg zu stehen und zu mehr Selbstvertrauen und -sicherheit zu finden. Andersherum ist es fast unmöglich, gelassen zu leben, wenn man weder Selbstvertrauen noch Selbstsicherheit besitzt. Aus diesem Grund findest du in Kapitel 11 spezifische Tipps zum Entwickeln und Stärken dieser wichtigen Fähigkeitseigenschaften.

Gesteigerte Souveränität und Fehlertoleranz

Wer gelassen ist, handelt und wirkt selbstverständlich deutlich souveräner als ein wandelndes Nervenbündel. Der selbstsichere, gelassene Mensch strahlt Ruhe und Kompetenz aus, wobei es ziemlich egal ist, was er gerade tut. Er signalisiert seinen Mitmenschen, dass er genau weiß, was er wie zu tun hat. Gerade im beruflichen Kontext hat die Außenwirkung oft viel mit Souveränität zu tun, die wiederum nur authentisch nach außen getragen werden kann, wenn man im Inneren gelassen ist. Durch die Souveränität, die mit der Gelassenheit einhergeht, fällt es zudem leichter, Fehler zu akzeptieren und auf konstruktive Weise mit ihnen umzugehen. Ein Missgeschick wirft einen nicht so schnell aus der Bahn, wenn man sich davon nicht aus der Ruhe bringen lässt. Das gilt sowohl für die eigenen Fehler als auch für die Fehler anderer. Ist man sowieso schon gestresst und innerlich auf 180, explodiert man möglicherweise, wenn dem Mitarbeiter beispielsweise ein Fauxpas passiert. Die Gelassenheit erlaubt es einem hingegen, nachsichtig zu sein und Kritik – falls diese nötig ist – in angemessener Weise vorzubringen.

Optimismus und Zuversicht

Eine optimistische, zuversichtliche Haltung hat – genau wie Gelassenheit – viel mit diesbezüglich förderlichen Denkmustern und -ansätzen zu tun. Wer gelassen ist, grübelt weniger und tendiert dazu, die Dinge positiv oder zumindest neutral statt negativ zu sehen. Andersherum kann man unmöglich gelassen bleiben, wenn man ständig das Schlimmste vermutet. In Kapitel 15 erfährst du mehr zum Thema Grübeln und findest Tipps, mit deren Hilfe du das Gedankenkreisen durchbrechen kannst.

Bessere Konzentration und Leistungsfähigkeit

Dieser Vorteil ist dir nicht neu: Gelassen kannst du dich besser konzentrieren und bist somit auf mentaler Ebene leistungsfähiger als du es im Dauerstress bist.

Achtsames, aufmerksames (Er-)Leben

Nur mit einer guten Portion Gelassenheit ist es möglich, achtsam und aufmerksam durchs Leben zu gehen. Im Sinne der Achtsamkeit geht es schließlich darum, die Dinge – beispielsweise die Umgebung oder aber die eigenen Emotionen – urteilsfrei und präzise im aktuellen Moment wahrzunehmen. Dafür muss man voll und ganz im Hier und Jetzt ankommen, ohne über die Vergangenheit nachzudenken oder sich von der Zukunft stressen zu lassen. Dennoch lebt nicht jeder gelassene Mensch automatisch achtsam, wohingegen die Achtsamkeit in Bezug auf die eigenen Handlungen, Gefühle und Gedanken eine Voraussetzung für das Trainieren der Gelassenheit ist. Kapitel 9 widmet sich der Achtsamkeit und stellt Übungen für dich als Gelassenheitsprofi in spe bereit.

Positives, konstruktives und zielführendes Denken

Gelassenheit lässt dich einen kühlen Kopf bewahren und ermöglicht es dir, auch in Ausnahmesituationen klare Gedanken fassen zu können. Durch das Plus an Konzentrationsfähigkeit denkst du im gelassenen Zustand außerdem konstruktiver und zielführender. Du kannst leichter Zusammenhänge knüpfen und deine Gedanken gezielt in eine produktive Richtung lenken. Das hilft dir beispielsweise dabei, in schwierigen Meetings zu glänzen, einer komplizierten Vorlesung folgen zu können, eine anspruchsvolle Aufgabe zu lösen oder in einer Konfliktsituation die richtigen Worte zu finden.

Kontrolle und Belastbarkeit

Niemand hat die volle Kontrolle über sein Leben und sich selbst, auch wenn wir uns das manchmal so sehr wünschen, dass wir es uns einbilden. Es liegt in der Natur des Menschen, nach Sicherheit zu streben und Sicherheit hängt in vielerlei Hinsicht mit Kontrolle zusammen. Durch Gelassenheit kannst du deine Gedanken und Handlungen besser kontrollieren und fühlst dich mehr als Herr der Lage. Darüber hinaus bist du belastbarer und findest auch nach extrem stressigen Situationen schnell zu deiner inneren Balance zurück. Diese Fähigkeit ist vor allem dann von unschätzbarem Wert, wenn dein Alltag typischerweise schnelllebig und anstrengend ist.

Mut zur bedachten Selbstverwirklichung

Was will ich eigentlich? Wer bin ich, was ist mir wichtig und was möchte ich mit meinem Leben anfangen? Sich solch essentielle Fragen zu stellen, ist nicht leicht, und deren Beantwortung erfordert ein hohes Maß an Selbstreflektion, Selbstvertrauen und – du ahnst es vermutlich schon – Gelassenheit. Versucht man, sich unter Druck Antworten auf diese Fragen aus der Nase zu ziehen, kann man es eigentlich auch gleich sein lassen und sich erst gar nicht damit beschäftigen. Denn nur wenn wir die Ruhe haben und uns die Zeit geben, um tief in uns zu gehen und nur auf unsere innere Stimme zu hören, finden wir heraus, was wir uns wirklich wünschen. Hinzu kommt, dass Menschen, die unter Dauerstress stehen, kaum die Muße finden werden, sich in dieser Intensität mit sich selbst auseinanderzusetzen – sie sind einfach zu beschäftigt, stehen zu sehr unter Strom. Und so verpassen sie die Chance, sich und ihr Leben einmal multiperspektivisch zu betrachten, um in der Folge eine wahre Selbstverwirklichung anzustreben. Auch dies, also das Hinarbeiten darauf, das zu bekommen oder zu werden, was man haben, erreichen oder sein will, klappt mit Gelassenheit deutlich besser als unter Stress. Der gelassene Mensch kann akzeptieren, dass Selbstverwirklichung nicht über Nacht geschieht, sondern ein aktives, schrittweises Zutun voraussetzt und lebt achtsam genug, um zu bemerken, wenn er vom Weg abkommt oder sich die persönlichen Wünsche und Ziele ändern. Die Selbstsicherheit und der gelassene Optimismus versorgen uns außerdem mit dem nötigen Mut, den wir zur Verwirklichung unserer Vorstellungen und Ideale dringend benötigen. Wenn du deinem Leben also eine neue Richtung geben, dich dir selbst näher fühlen und herausfinden möchtest, was du möchtest und wer du bist, ist das Trainieren der Gelassenheit ein guter Anfang.

Treffen besserer Entscheidungen

Gehörst du zu den Menschen, denen es schwer fällt, wichtige Entscheidungen zu treffen? Dann wird dir die Gelassenheit auch in diesem Bereich weiterhelfen. Gelassen bist du in der Lage klar zu denken, das Für und Wider aller Optionen gegeneinander abzuwägen und dabei so rational zu bleiben, wie es die jeweilige Situation erfordert. Die Angst davor, die falsche Wahl zu treffen, schwindet mit steigender Selbstsicherheit. Als gelassener Mensch weißt du, dass du auf der Grundlage der Informationen, die du besitzt, entscheiden musst und oftmals nicht vorhersehen kannst, was auf lange Sicht tatsächlich „richtig" oder „falsch" ist. Wenn wir von einer falschen Entscheidung sprechen, urteilen wir nämlich für gewöhnlich mit dem Wissensstand von heute, ohne zu bedenken, dass wir im Gestern – also beim Treffen der Entscheidung – weniger wussten. Daraus folgt, dass kaum jemand willentlich falsch entscheidet. Die getroffene Wahl ist im jeweiligen Moment immer die, die sich im Sinne der situativen und subjektiven Wahrnehmung mit der höchsten Wahrscheinlichkeit als „richtig" erweist. Wenn du es schaffst, gelassen an die Entscheidungsfindung heranzugehen, ist dir dies zu jeder Zeit bewusst und du kannst ohne den schädlichen Druck, unbedingt die zu 100 % korrekte Entscheidung zu treffen, abwägen, was zu tun ist. Dir ist klar, dass jede Entscheidung Konsequenzen mit sich bringt und es im Einzelfall im Auge des Betrachters liegt, welche dieser Konsequenzen es zu vermeiden oder zu begrüßen gilt. Kurzum: Du wirst bedacht und ruhig entscheiden können, was im Durchschnitt in besseren – also öfters „richtigeren" – Entscheidungen resultiert. Und du wirst kein schlechtes Gewissen haben oder im Nachhinein nächtelang grübeln, ob du nicht doch anders hättest handeln sollen. Du kannst gelassen abwarten, welche erwarteten und unerwarteten Folgen deine Entscheidung nach sich zieht, und dir lediglich vornehmen, aus der Erfahrung – wie auch immer diese ausfallen mag – zu lernen.

Sicherer Umgang mit Extremsituationen

In stressbezüglichen Extremsituationen ist der im Vorteil, der grundsätzlich gelassener ist. Selbst der gelassenste Mensch überhaupt kann zwar unmöglich immer im inneren Gleichgewicht bleiben, er bleibt im Fall der Fälle aber ruhiger als seine weniger in Gelassenheit geübten Mitmenschen. Doch von welchen potenziellen Extremsituationen reden wir hier eigentlich? Es geht um Situationen, die auf emotionaler oder physischer Ebene die Grenzen der „normalen“ Belastung sprengen, zum Beispiel ein riesiger Ehekrach, der in einer Scheidung zu enden droht oder der vom Chef angekündigte Jobverlust, falls ein bestimmter Auftrag nicht phänomenal gut ausgeführt wird – Situationen, die den Stresspegel steil nach oben schnellen lassen. Besitzt man in einer solchen Lage das Handwerkszeug der Gelassenheit, steigen die Chancen, trotz allem nicht kopflos oder hysterisch zu werden, sondern besonnen und konstruktiv denken und handeln zu können.

Gesteigerte Lebensqualität und Zufriedenheit

Alle bis zu diesem Punkt beschriebenen Vorteile und positiven Begleiterscheinungen der Gelassenheit führen in der Summe zu einer gesteigerten Lebensqualität und mehr Zufriedenheit. Gelassen zu leben bedeutet zwar nicht zwangsläufig, im ultimativen Lebensglück zu schweben, die Gelassenheit trägt aber definitiv zu mehr Wohlbefinden und einem ruhigeren, bewussteren und optimistischeren Lebensgefühl bei.

Vermitteln und schenken von Sicherheit

Wir Menschen sind empathische Wesen und spiegeln die Gefühlswelt und den inneren Zustand anderer oft ganz unbewusst wider. Je nachdem, wie fein unsere Antennen diesbezüglich sind, spüren wir schon beim Betreten eines Raumes, welche Stimmung dort vorherrscht. Kennen wir einen anderen Menschen gut, stellt es für die meisten von uns kein Problem dar, dessen Gefühlslage zu deuten, ohne dass dieser uns sagt, wie er sich fühlt. Schließlich verraten Mimik und Gestik so einiges. Wir sind aber nicht nur Meister im Erkennen von Gefühlen und inneren Zuständen, sondern übernehmen diese teils auch automatisch. Das kennst du sicherlich selbst: Wenn deine beste Freundin traurig ist, wird auch deine Stimmung gedrückt – selbst dann, wenn ihre missliche Situation dich eigentlich gar nicht betrifft. Indem du gelassen bist, strahlst du diese Gelassenheit aus und ein Teil davon färbt unter Umständen auf deine Mitmenschen ab und schenkt ihnen etwas mehr innere Ruhe. Deine souveräne, besonnene und ruhige Art vermittelt den Menschen um dich herum Sicherheit und trägt dazu bei, dass sie sich in deiner Gegenwart besonders wohlfühlen. Wie bereits angesprochen, ist das Bedürfnis nach Sicherheit beim Menschen nämlich sehr stark ausgeprägt, weshalb wir die Nähe zu Personen, die uns Sicherheit geben können, bewusst oder unbewusst suchen.

Das Wichtigste in Kürze

- ✓ Gelassenheit wirkt sich in vielerlei Hinsicht – zum Beispiel im persönlichen, beruflichen und sozialen Kontext – positiv auf dein Leben aus.
- ✓ Zu den Vorteilen der Gelassenheit gehört es, bessere Entscheidungen treffen zu können, optimistischer zu sein, souveräner zu agieren und mehr Kontrolle über sein Leben und das, was darin geschieht, zu haben.
- ✓ Außerdem schafft es der gelassene Mensch, seinen Mitmenschen Sicherheit zu schenken und ihnen zu mehr innerer Ruhe zu verhelfen.

Kapitel 4: Mythen rund um die Gelassenheit

Begibt man sich online auf die Suche nach Tipps für mehr Gelassenheit oder sucht grundlegende Infos zum Thema, stolpert man über einen bunten Mix aus Halbwahrheiten, schlicht falschen Behauptungen und tatsächlich nützlichen Hinweisen. Dieses Kapitel greift einige der meistverbreiteten fehlerhaften Annahmen und kursierenden Mythen rund um die Gelassenheit auf und bemüht sich, diese an ihrem Wahrheitsgehalt zu messen und – wenn nötig – richtig zu stellen.

Gelassenheit ist angeboren und kann nicht erlernt werden

Diesem ersten Mythos ist vehement zu widersprechen: Wie gelassen jemand ist, ist nicht angeboren. Vielmehr legen die Erziehung und die Erfahrungen, die im Kindesalter gesammelt werden, den Grundstein für das Maß an Gelassenheit, über das der jugendliche oder erwachsene Mensch verfügt. Gelassenheit oder ein Mangel an dieser werden also erlernt. Und das funktioniert zum Glück nicht nach dem Motto „Was Hänschen nicht lernt, lernt Hans nimmermehr." Die Gelassenheit kann ganz unabhängig vom Alter trainiert und ausgebaut werden.

Gelassen zu sein bedeutet, nie Stress zu haben

Diese Annahme ist falsch und das ist eigentlich auch gut so. Denn wie du weißt gibt es positiven Stress, den sogenannten Eustress, der durchaus nützlich und wichtig ist. Und auch um Disstress kommt ein an und für sich gelassener Mensch kaum komplett herum. Dafür ist das Leben einfach zu unberechenbar. Es kommen zwangsläufig Situationen auf uns zu, die wir nicht kommen sehen und die uns gehörig stressen, auch wenn sich die innere Toleranzgrenze, deren Überschreitung zum Disstress führt, durch das Trainieren der Gelassenheit erhöhen lässt. Wer von sich behauptet, niemals gestresst zu sein, ist also nicht besonders gelassen, sondern höchstwahrscheinlich einfach nur nicht ehrlich. Der Unterschied zwischen einem grundsätzlich sehr gelassenen und einem eher wenig gelassenen Menschen zeigt sich in Extremsituationen folgendermaßen: Beide Personen geraten in Stress, die gelassenere Person findet aber schneller wieder zur Ruhe zurück.

Gelassene Menschen sind faul

Dieser Mythos gehört zu den größten Irrtümern zum Thema Gelassenheit und hat sich unbemerkt in den Köpfen sehr vieler Menschen eingenistet. Fürs Protokoll: Gelassenheit und Faulheit haben absolut nichts miteinander zu tun. Schließlich steht Gelassenheit nicht für Untätigkeit. Auch extrem gelassene Menschen können überaus produktiv und aktiv sein, sie stehen dabei lediglich nicht dauerhaft unter negativem Stress. Es geht weniger darum, was man tut, sondern wie man es tut und wie man sich dabei fühlt. Gelassene Menschen sind nicht faul, sondern einfach nur nicht im Dauerstress. Durch ihr höheres Konzentrationsvermögen sind sie oftmals sogar deutlich leistungsfähiger als ihre gestressten Kollegen und können vor allem dauerhaft gute Leistungen erbringen, ohne irgendwann völlig ausgelaugt und erledigt eine „Zwangspause" einlegen zu müssen, wenn ihre überlastete Psyche zum Beispiel durch einen Burn-Out die Notbremse zieht.

Gelassenheit ist abhängig von äußeren Umständen

Diese Aussage stimmt zum Teil. Es ist wahr, dass die äußeren Umstände es erleichtern oder erschweren, gelassen zu bleiben. Und es ist auch wahr, dass manche Extremsituationen selbst den gelassensten Menschen kurzzeitig in Stress versetzen können. Wann genau die Gelassenheit dem Disstress weicht, kommt aber stark darauf an, wie ausgeprägt diese ist. Sprich: Was für manche zur stresstechnischen Eskalation führt, bringt den Gelassenheitsprofi nicht unbedingt aus der Ruhe. Mit wachsender Gelassenheit wird es möglich, immer stressreizenderen Umständen mit Ruhe zu begegnen, sodass die äußeren Umstände keine allzu große Rolle mehr spielen und nur in enormen Ausnahmesituationen in Disstress enden. Du kannst dir also merken: Je geübter du in Sachen Gelassenheit bist, desto geringer fällt der Einfluss der äußeren Umstände aus.

Mit dem Alter kommt die Gelassenheit von selbst

Jein. Viele Menschen berichten davon, dass das Älterwerden für sie tatsächlich mit mehr innerer Ruhe und Gelassenheit einhergeht. Aber liegt das wirklich am Alter? Oder nicht doch an der Lebenserfahrung, die einen den richtigen Umgang mit Stress gelehrt hat? Eine eindeutige Antwort auf diese Frage gibt es nicht. Inwiefern das steigende Alter die Stresstoleranz und die Gelassenheit erhöht, ist jedoch mit Sicherheit sehr subjektiv und variiert von Mensch zu Mensch. Dagegen gilt gemeinhin: Es ist sinnvoll, nicht auf das Alter und dessen vermeintliches Geschenk der Gelassenheit zu warten, sondern so früh wie möglich aktiv an mehr Gelassenheit zu arbeiten.

Gelassenheit ist keine wertvolle Fähigkeit

Im Vergleich zu anderen Eigenschaften und Fähigkeiten, beispielsweise Ehrgeiz, Zielstrebigkeit, Schnelligkeit oder Logik, wird die Gelassenheit eher stiefmütterlich behandelt und von vielen Menschen als mehr oder weniger unwichtig eingestuft. Dabei wird gerne vergessen, dass sich Gelassenheit auf verschiedensten Ebenen vorteilhaft auswirkt und Menschen dazu befähigt, andere damit zusammenhängende Kompetenzen und Eigenschaften auf- und auszubauen. Ein paar Beispiele gefällig? Kein Problem:

- Selbstvertrauen & -sicherheit
- Flexibilität
- Souveränität
- Besonnenheit
- Konzentration
- Argumentationsgabe
- Kritikfähigkeit
- Optimismus
- Gutmütigkeit & Rücksicht
- Achtsamkeit

- Psychische Belastbarkeit

Diese Liste könnte um mindestens zwanzig Punkte verlängert werden, sollte an dieser Stelle aber genügen, um zu verdeutlichen, wie wertvoll und profitabel Gelassenheit tatsächlich ist.

Es ist extrem schwer, gelassener zu werden

Ob diese Annahme wahr ist, muss letztendlich jeder für sich selbst beantworten. Manchen fällt es aufgrund der gemachten Erfahrungen und ihrem sehr stressanfälligen „Ausgangspunkt" wirklich schwer, gelassener zu werden. Andere tun sich vergleichsweise leicht und sehen die Gelassenheit schon nach kurzer Trainingszeit im normalen Alltag kaum noch als Herausforderung an. Doch ganz egal, wie schwer oder leicht dir das Gelassenheitstraining fällt: Du kannst dir sicher sein, dass sich deine Mühen auszahlen werden.

Kinder können mit Gelassenheit nichts anfangen

Das ist ausgemachter Blödsinn. Kinder, die schon in jungen Jahren lernen, gelassen mit den verschiedensten Situationen umzugehen, können hiervon nur profitieren. Gerade Kinder, die von Haus aus eher ängstlich sind, finden Stärke und Selbstbewusstsein in der Gelassenheit und haben somit bessere Chancen, zu selbstsicheren Erwachsenen mit einer gesunden inneren Ruhe heranzuwachsen. Eltern machen also definitiv nichts falsch, wenn sie ihre Kinder in dieser Hinsicht fördern. Wie genau eine solche Förderung aussehen kann, erfährst du in Kapitel 17.

Kapitel 5: Die 7 Stufen von Gelassenheit zu Stress

Gelassenheit und akuter Stress sind keine sich gegenüberstehenden Pole, von denen immer entweder das eine oder das andere zu 100 % vorhanden ist. Vielmehr befindet sich zwischen den beiden Endstufen ein recht breites Spektrum an Zwischenstufen und Übergängen. Zwar sind diese Abstufungen in keiner Weise allgemein definiert, dennoch wage ich mich mit diesem Kapitel an eine Schilderung der markantesten Nuancen, die von der absoluten Gelassenheit zum größtmöglichen Stress führen.

Stufe 1: Tiefe innere Ruhe

Die erste Stufe, die der vollkommenen Gelassenheit entspricht, erleben die meisten von uns nur im Schlaf. Ausgenommen sind Menschen, die spezielle Formen der Meditation praktizieren, sowie Personen, die unter dem Einfluss bestimmter Medikamente oder Drogen stehen. Die extrem tiefe innere Ruhe ist zumeist mit einer ichbefreiten Wahrnehmung und dem Verlust des Raum- und Zeitgefühls verbunden. In diesem Zustand sind wir dementsprechend nicht handlungsfähig und auch nicht in der Lage, aktiv und bewusst zu denken. Aus diesem Grund ist die erste Stufe auf der „Gelassenheitsskala“ im Alltag nicht nur kaum zu erreichen, sondern auch wenig wünschenswert. Körper und Geist profitieren jedoch von der tiefsten inneren Ruhe, da hier eine Regeneration stattfinden kann. Schläft man genug, werden beide Elemente unseres Seins in dieser Hinsicht ausreichend bedient.

Stufe 2: Ruhiger „Flow“

Einfachheit, Klarheit, Ruhe und Selbstvergessenheit – mit diesen Worten könnte man die zweite Stufe beschreiben. Körper und Geist sind so entspannt, dass der aktuelle Moment wahrgenommen wird, ohne dass Gedanken an Probleme, die Zukunft oder die Vergangenheit das Erleben stören. Das Sein fällt leicht, das Zeitgefühl ist auch hier nicht vorhanden und Sorgen und Ängste sind dem Bewusstsein fern. Ein solches Flow-Erlebnis tritt zum Beispiel dann ein, wenn man hochkonzentriert an etwas arbeitet, das den persönlichen Kompetenzen genau entspricht, gerne getan wird und Konzentration erfordert. Hier vereinen sich Energie und Ruhe zu einem entspannten, auf seine ganz eigene Art aufmerksamen und immens fokussierten „Dahintreiben". Dieser Zustand kann keinesfalls erzwungen werden, denn schon allein der Gedanke daran, den Flow „finden" zu wollen oder zu müssen, verhindert dessen Eintreten. Im normalen Alltag ist auch diese zweite Stufe der „Gelassenheitsskala" eher unpraktisch. Schließlich wird die Wahrnehmung auf eine einzige Sache verengt.

Stufe 3: Entspannte Wachheit

Die entspannte, leicht versunkene Wachheit ist ein Zustand, auf den verschiedene Meditationsarten abzielen. Man fühlt sich wach und nimmt sich und seine Umwelt fein wahr, bleibt aber recht inaktiv und reagiert nicht auf das, was wahrgenommen wird. Man befindet sich quasi in der Position eines Beobachters, der spürt, hört, sieht, riecht, schmeckt, denkt und fühlt, ohne zu werten oder sich stark mit den Wahrnehmungen und Empfindungen verbunden zu fühlen. Die Gedanken werden zwar bewusst wahrgenommen, aber nicht gesteuert. Diesen Zustand erlebst du zum Beispiel, wenn du nach einem anstrengenden Tag auf dem Sofa liegst und „abschaltest". Obwohl der Fernseher läuft, du die Bilder auf dem Bildschirm siehst und die Worte aus den Lautsprechern hörst, folgst du der Handlung, die für dich in diesem Zustand uninteressant und bedeutungslos ist, nicht, sondern beobachtest die Eindrücke von Moment zu Moment.

Stufe 4: Angenehmes Alltagsbewusstsein

Idealerweise befindest du dich im Alltag auf der vierten Stufe. Diese zeichnet sich durch ein klares Bewusstsein, einen wachen Geist und eine umfassende Wahrnehmung aus. Das Denken und Handeln kann bewusst und willentlich gesteuert werden, ist aber nicht mit Zweifeln, Unsicherheiten oder inneren Widersprüchen verbunden. Der Zustand des angenehmen Alltagsbewusstseins bringt Ruhe mit sich, allerdings keine Versunkenheit, sodass man zu jeder Zeit voll handlungs- und entscheidungsfähig ist, ohne sich in irgendeiner Weise unter Druck gesetzt zu fühlen. Dies ist die Intensität der Gelassenheit, die in aller Regel anzustreben ist.

Stufe 5: Anstrengende Erregung

Auf Stufe 5 finden wir den Eustress. Wir haben ein Problem zu lösen, einen inneren Widerspruch zu entwirren, eine Herausforderung zu meistern oder einen schwierigen Schritt zu machen, fühlen uns der Sache zu 100 % gewachsen und stehen unter einem positiven Stress, der es uns ermöglicht, das Beste aus uns herauszuholen. Auch wenn dieser Zustand in vielen Situationen nützlich und wichtig ist, befassen wir uns in diesem Buch nicht damit, wie er erreicht werden kann. Denn: Der Eustress stellt sich von ganz allein ein, wenn die Situation es erfordert.

Stufe 6: Stressbeladener (innerer) Konflikt

Mit Stufe 6 verlassen wir den Bereich der wünschenswerten Zustände auf der „Gelassenheitsskala“ schon wieder. Im Zustand des stressigen (inneren) Konflikts haben wir es mit Disstress zu tun, wie er beispielsweise durch eine Aufgabe, die unsere Kompetenzen übersteigt, ein angstbeladenes Ereignis, das kurz bevorsteht oder innere Widersprüche beziehungsweise Blockaden ausgelöst wird. Man ist angespannt, kann nicht mehr realistisch denken, tendiert dazu, sich in den Auslöser hineinzusteigern und sieht häufig den Wald vor lauter Bäumen nicht mehr. Diese sechste Stufe beschreibt eine Form von Stress, die oftmals nicht oder nur sehr kurzzeitig endet und als klassischer Dauerstress bekannt ist.

Stufe 7: Eskalation

Mit Stufe 7 sind wir am anderen Ende der Gelassenheitsskala angekommen: der Eskalation. Jetzt heißt es „fight, flight or freeze“, also „kämpfen, flüchten oder erstarren“. Der Körper mobilisiert sämtliche Kräfte und nimmt den Geist mit in den absoluten Überlebensmodus. Es ist nicht mehr möglich, klar oder gar rational zu denken. Ein wirrer, übersteigerter Gedanke jagt den nächsten und wir werden von starken Emotionen, zum Beispiel Panik, Verzweiflung oder Wut, überflutet. Auch hier handelt es sich selbstverständlich um Disstress, der aber nicht zum Dauerstress wird. Der Stress ist deutlich intensiver und kann zuweilen ein Ausrasten, einen Blackout und sogar Ohnmachtsanfälle hervorrufen, geht jedoch unweigerlich vorüber.

Natürlich stellt diese siebenstufige Skala kein allumfassendes Werk dar. Zwischen zwei Stufen befinden sich wiederum Zwischenstufen, sodass ein aktueller Zustand nicht immer einer der aufgeführten Stufen zugeordnet werden kann. Du solltest dieses Kapitel daher lediglich als groben Leitfaden zur Orientierung und zum besseren Verständnis davon, wie aus Gelassenheit Stress wird, ansehen.

Das Wichtigste in Kürze

- ✓ Akuter Stress und tiefe Gelassenheit stehen sich nicht wie zwei Pole gegenüber. Zwischen ihnen befindet sich ein breites Spektrum aus Abstufungen und Übergängen.
- ✓ Wir bedienen uns sieben Stufen, um den Verlauf von tiefer Gelassenheit bis zu akutem Stress darzustellen. Wichtig: Auch zwischen diesen Stufen befinden sich wieder Abstufungen und Übergänge.
- ✓ Stress und Gelassenheit sind vielschichtige Zustände, weshalb du deinen aktuellen Zustand möglicherweise nicht zu 100 % einer der beschriebenen Stufen zuordnen kannst.

Kapitel 6: Selbsttest - Wie gelassen bist du?

Du tust dich schwer damit, einzuschätzen, wie gelassen du aktuell schon bist? Dann hast du nun die Möglichkeit, genau das herauszufinden. Das geschieht in Form eines Selbsttests, der sich aus verschiedenen Fragen und einigen Sätzen, die vervollständigt werden sollen, zusammensetzt. Dir stehen dabei jeweils drei mögliche Antworten beziehungsweise Satzbausteine zur Auswahl. Damit das Ergebnis aussagekräftig ist und tatsächlich die Realität widerspiegelt, ist es unerlässlich, dass du ehrlich zu dir selbst bist und eine Entscheidung triffst, die auf deiner ungeschönten Wahrnehmung basiert. Da die folgenden Kapitel nicht auf diesen Selbsttest aufbauen, musst du ihn nicht jetzt machen. Du kannst ihn auch überspringen und zu einem späteren Zeitpunkt zu diesem Kapitel zurückkommen – oder ganz auf den Test verzichten.

1. Deine To-Do-Liste platzt aus allen Nähten. Du...

(A) ...setzt klare Prioritäten, nimmst eine Aufgabe nach der anderen in Angriff und versuchst, so viel wie möglich abzuhaken.

(B) ...kannst dich kaum auf eine der Aufgaben konzentrieren, da du gedanklich ständig bei den zehn anderen Dingen bist, die noch zu erledigen sind.

(C) ...fühlst dich immens unter Druck gesetzt, bist absolut überfordert, entsprechend demotiviert und ärgerst dich furchtbar über die Aufgaben, den Zeitdruck und dich selbst.

2. Das erste Date mit einem potenziellen Partner steht an und du fragst dich, was du anziehen sollst. Du...

(A) ...entscheidest dich recht schnell für ein Outfit, das dir persönlich gefällt. Schließlich hast du es nicht nötig, dich zu verstellen, und fühlst dich wohl in deiner Haut.

(B) ...probierst viele verschiedene Outfits an, bis du eines gefunden hast, das deinem Date gefallen könnte.

(C) ...nimmst deinen kompletten Kleiderschrank auseinander und siehst so kritisch in den Spiegel, dass dir irgendwann gar nichts mehr an dir gefällt und du überlegst, das Date einfach abzusagen.

3. Nach einer Klausur fällt dir auf, dass dir ein Fehler unterlaufen ist. Du...

(A) ...ärgerst dich kurz darüber und hakst das Thema dann ab. Jetzt kann sowieso nichts mehr daran geändert werden.

(B) ...verfluchst dich innerlich selbst und fragst dich, wie man nur so blöd sein kann. Über die nächsten Tage kehren deine Gedanken immer wieder zu deinem Fehler zurück und es dauert eine Weile, bis du diesen akzeptieren und noch später sogar darüber lachen kannst.

(C) ...schämst dich und bist wütend auf dich selbst. Deine Gedanken kreisen fast ununterbrochen um diesen Fehler und du bist verleitet, das Studium einfach hinzuschmeißen. Ein Totalversager wie du kann es sowieso nicht schaffen.

4. In wenigen Minuten musst du eine Präsentation halten, die den Verlauf deiner Karriere entscheiden könnte. Du...

(A) ...hast dich gut vorbereitet und bist zwar etwas nervös, schaffst es aber, dich zu beruhigen, souverän aufzutreten und dein Bestes zu geben.

(B) ...bist ziemlich aufgeregt und gehst deinen Text immer und immer wieder im Kopf durch. Je öfter du dies tust, desto weniger durchdacht und sinnvoll kommt er dir vor. Wenn deine Hände doch nur aufhören könnten, zu zittern – hoffentlich fällt das keinem auf.

(C) ...kannst vor Aufregung seit Tagen kaum noch schlafen, dir ist schlecht und du hast das sichere Gefühl, dass du dich gleich vor der gesamten Chefetage bis auf die Knochen blamieren wirst.

5. Du bist auf einer Party, auf der du niemanden kennst. Du...

(A) ...freust dich darauf, neue Leute kennenzulernen, und mischst dich unters Volk.

(B) ...fühlst dich beobachtet und hast Angst, nicht gut bei den anderen Partygästen anzukommen. Aus Unsicherheit traust du dich nicht wirklich, mit ihnen ins Gespräch zu kommen.

(C) ...bist dir sicher, dass die anderen Gäste dich blöd finden. Die zwei in der Ecke tuscheln gerade, bestimmt geht es da um dich. Und der Typ, der da an der Bar so dreckig lacht, macht sich eindeutig über dich lustig. Wenn du doch bloß sofort verschwinden könntest, ohne noch dämlicher rüberzukommen.

6. Du kommst nach einem anstrengenden Tag, an dem so einiges passiert ist, von der Arbeit nach Hause. Du...

(A) ...gönnst dir eine warme Dusche, isst etwas und schaust deine Lieblingsserie.

(B) ...hast Schwierigkeiten damit, den Arbeitstag hinter dir zu lassen, und brauchst mindestens eine Stunde, um den Stress ablegen und in den „Entspannungsmodus" schalten zu können.

(C) ...schaltest den Fernseher ein, bekommst aber kaum etwas von dem gezeigten Spielfilm mit, weil deine Gedanken um die Geschehnisse am Arbeitsplatz kreisen.

7. Du äußerst deine Meinung und erntest von deinem Gesprächspartner herbe Kritik. Du...

(A) ...kannst gut damit umgehen und auch damit leben, dass ihr beide nicht einer Meinung seid.

(B) ...zweifelst plötzlich an deiner Meinung und lenkst in gewissen Punkten ein. Bestimmt hat dein Gesprächspartner recht, schließlich irrst du dich ständig.

(C) ...fühlst dich höchst verunsichert, aber auch persönlich angegriffen und bist unschlüssig, ob du alles zurücknehmen oder deinen Gesprächspartner wissen lassen sollst, was du über seine idiotischen Ansichten denkst. Noch Tage später grübelst du darüber nach, was die beste Antwort gewesen wäre.

8. Du hast einen Termin und bist aufgrund misslicher Umstände, auf die du keinen Einfluss hattest, spät dran. Du…

(A) …beeilst dich und ärgerst dich nicht unnötig. Manche Dinge hat man einfach nicht in der Hand.

(B) …kommst ganz schön ins Schwitzen und überlegst dir schon, was du sagen könntest, um dein Zuspätkommen zu entschuldigen, ohne dabei komisch rüberzukommen.

(C) …fragst dich, warum bei dir eigentlich immer alles schief laufen muss und stempelst den Tag schon am Morgen als „miesen Tag“ ab.

9. Ist das Glas für dich halb leer oder halb voll?

(A) Ganz klar halb voll!

(B) Das ist von Tag zu Tag verschieden.

(C) Halb leer? Bis auf den letzten Tropfen geleert trifft es wohl eher.

10. Wie lange brauchst du in der Regel, um einzuschlafen?

(A) Maximal 15 Minuten. Manchmal bin ich schon im Reich der Träume, kaum dass mein Kopf das Kissen berührt.

(B) Mal geht es schnell, mal dauert es länger, weil mich etwas stark beschäftigt.

(C) Eine halbe Ewigkeit. Meistens hören meine Gedanken einfach nicht auf, sich im Kreis zu drehen und ich brauche lange, um endlich zur Ruhe zu finden.

11. Weißt du welche Dinge, Aufgaben und Situationen dich besonders stressen?

(A) Ja. Ich kenne mich gut und kann oft schon im Vorhinein abschätzen, ob und wie sehr mich etwas stressen wird.

(B) Jein. Ich weiß über einige Dinge, die bei mir Stress auslösen, Bescheid, bin mir aber nicht ganz sicher.

(C) Nein. Für mich kommt der Stress eher überraschend zurück, sofern er überhaupt einmal eine Pause einlegt.

12. Fällt es dir leicht, zu bemerken, dass du gerade unter Stress stehst?

(A) Ja. Mein Körper und mein Geist zeigen mir dies deutlich.

(B) Geht so. Oft fällt mir der Stress erst auf, wenn ich zufällig das Zittern meiner Hände oder die Anspannung in meinem Kiefer bemerke.

(C) Nein. Das liegt möglicherweise daran, dass Stress für mich der Normalzustand ist.

13. Was tust du, wenn du bemerkst, dass du sehr gestresst bist?

(A) Ich versuche, den Stress ganz gezielt abzubauen, und weiß meistens auch, wie ich das am besten anstelle.

(B) Ich bemühe mich, mich zu beruhigen. Das klappt aber nur manchmal.

(C) Nichts. Was könnte ich da schon tun?

14. Wie oft befindest du dich nach eigenem Empfinden im Stress?

(A) Eher selten und wenn, dann handelt es sich meistens um Eustress.

(B) Täglich, aber zum Glück gibt es meistens auch Phasen, in denen ich mich gut erholen kann.

(C) Die bessere Frage wäre, wann ich mal nicht gestresst bin.

15. Wo würdest du deine Gelassenheit auf einer Skala von 1 (sehr gelassen) bis 10 (gar nicht gelassen) einstufen?

(A) 1 bis 3

(B) 4 bis 7

(C) 8 bis 10

Wenn du den Test vollständig durchlaufen hast, kannst du dir nun dein Ergebnis ansehen. Zur Auswertung zählst du einfach, wie oft du A, B und C angekreuzt hast. Nachfolgend erfährst du, was deine Antworten über dich und die Gelassenheit aussagen:

Überwiegend **Antwort A**

Du hast besonders viele Kreuzchen bei Antwort A gesetzt? Dann verfügst du bereits über überdurchschnittlich viel Gelassenheit. Du weißt, was potenziell Stress bei dir auslöst, wie du dem vorbeugen kannst und wie du dich zurück zur inneren Ruhe bringen kannst, wenn sich der Stress nicht vermeiden lässt. Du verstehst es, dich gut um dich selbst zu kümmern und bringst die nötige Achtsamkeit mit, sodass dir stresstechnische Veränderungen an dir selbst schnell auffallen. Auch wenn es sicherlich bessere und schlechtere Tage gibt, was deine Gelassenheit betrifft, gehörst du auf diesem Gebiet definitiv zu den Fortgeschrittenen, was es dir einfacher macht, noch gelassener werden. Auf dieses feste Fundament, das du bereits erreichtet hast, kannst du nun aufbauen. Die Tipps und Übungen, die in den weiteren Kapiteln dieses Buches auf dich warten, unterstützen dich dabei und zeigen dir einen Weg, auf dem du vom Fortgeschrittenen zum absoluten Profi der Gelassenheit werden kannst.

Überwiegend **Antwort B**

Wenn du mehrheitlich Antwort B gewählt hast, befindest du dich in Sachen Gelassenheit im Mittelfeld. Sie ist dir weder fremd noch hast du sie ausreichend verinnerlicht, um dich selbst als wirklich gelassenen Menschen bezeichnen zu können. Du startest nicht von Null, hast aber dennoch noch einen recht weiten Weg vor dir und kannst dich definitiv verbessern. Vor allem in Ausnahmesituationen fällt es dir schwer, Ruhe zu bewahren und auch Dauerstress ist für dich kein Fremdwort. Entsprechend ist dir zu empfehlen, dich intensiv mit der Thematik auseinanderzusetzen und aktiv an dir zu arbeiten, damit du schon bald zu mehr Gelassenheit und innerer Ruhe findest. Zum Glück hältst du mit diesem Buch ein Hilfsmittel in der Hand, das dich in diesem Sinne unterstützen und dir beratend zur Seite stehen kann. Den ersten Schritt hast du bereits gemacht, indem du dich bis zu diesem Kapitel vorgetastet hast. Nun gilt es, dranzubleiben und nach einer echten Weiterentwicklung zu streben.

Überwiegend **Antwort C**

Deine Wahl fiel in der Mehrheit auf Antwort C? Dann ist Gelassenheit nicht gerade dein bester Freund – zumindest noch nicht. Bringen wir es einmal auf den Punkt: Du hast viel Stress, bist dadurch einer schier stetigen psychischen Belastung ausgesetzt und schaffst es aktuell nicht, deinem Körper und deinem Geist die Erholung zuteilwerden zu lassen, die sie verdienen und brauchen. Glücklicherweise ist dies etwas, das sich ändern lässt. Da du dieses Buch gekauft hast, ergibt sich aus dem Stress höchstwahrscheinlich ein Leidensdruck, den du nicht mehr länger einfach so hinnehmen möchtest. Gut so! Denn die gute Nachricht lautet: Du hast es in der Hand. Allein du entscheidest, ob du so weitermachen oder etwas verändern möchtest. Klar, eine Veränderung ist nicht gerade leicht und du hast einen weiten Weg vor dir. Doch mit Übung, Motivation und konsequentem Dranbleiben kannst du binnen weniger Wochen und Monate erstaunliche Ergebnisse erzielen. Glaube an dich, sei dir sicher, dass du das Zeug dazu hast, gelassener zu werden, und lasse dich von deinem suboptimalen Ausgangspunkt nicht deiner Motivation berauben. Die Übungen und Tipps, die dieses Buch beinhalten, sind für Menschen wie dich gemacht und geben dir praktische Werkzeuge an die Hand, die dich dazu befähigen, deine Gelassenheit effektiv zu steigern.

Kapitel 7: Komponenten der Gelassenheit

Wir haben bereits mehrfach vom Weg zur Gelassenheit gesprochen, dabei aber noch nicht benannt, wie genau dieser Weg aussieht. Das holen wir in diesem Kapitel nach, sodass du eine Vorstellung davon bekommst, was dich erwartet und welche Schritte zum Ziel führen. Wir kümmern uns nun um eine Auflistung und Schilderung der Komponenten, die letztendlich zu einer gesteigerten Gelassenheit führen. All diese Komponenten werden in den kommenden Kapiteln aufgefasst und ausführlich erläutert, damit du ganz genau weißt, wie du selbst zu mehr Gelassenheit finden kannst.

Motivation und Wille

Die absolute Grundvoraussetzung für mehr Gelassenheit ist der Wille, diese zu erlangen. Du musst bereit dazu sein, dich auf diese spannende Reise einzulassen und deine ganze Motivation aufbringen, um stetig voranzukommen. Kapitel 8 hilft dir dabei, deinen Willen zu festigen und deine Motivation auf Hochtouren zu bringen.

Selbstreflektion und Achtsamkeit

In Kapitel 9 befassen wir uns dann mit der Selbstreflektion und der Achtsamkeit. Denn wenn du gelassener werden möchtest, musst du lernen, besser auf dich selbst, dein Befinden und deine Reaktionen auf sowie deinen Umgang mit stressbelasteten Situationen zu achten. Ich will an dieser Stelle nichts beschönigen: Dies kann eine echte Herausforderung darstellen und nimmt gegebenenfalls einige Zeit in Anspruch. Du leistest hiermit aber eine Arbeit, von der du dein Leben lang profitieren wirst und die sich daher zweifelsohne doppelt und dreifach lohnt.

Erkennen von Stressoren

Sobald deine Achtsamkeit ausgefeilt ist und du dich daran gewöhnt hast, deine Gefühle, dein Denken und dein Handeln zu reflektieren, ist es an der Zeit, dich genauer mit den Stressoren auseinanderzusetzen. Kapitel 10 unterstützt dich dabei und zeigt dir, wie du zwischen Eu- und Disstress sowie zwischen unvermeidbarem und vermeidbarem Stress unterscheiden kannst. Außerdem lernst du deine persönlichen Hauptstressoren kennen und erarbeitest Mittel und Wege, auf gesunde und gelassenheitsfördernde Weise mit diesen umzugehen.

Selbstvertrauen und Selbstsicherheit

Kapitel 11 widmet sich voll und ganz den Themen Selbstvertrauen und Selbstsicherheit. Wie du weißt, beeinflussen diese Aspekte deine Fortschritte auf dem Weg zur Gelassenheit extrem und dürfen daher nicht vernachlässigt werden. Sei gespannt auf vielfältige Tipps, mit denen du gezielt an deinem Selbstvertrauen arbeiten und mehr Selbstsicherheit gewinnen kannst.

Mindset und Einstellung

Wie so vieles im Leben ist auch die Gelassenheit zu einem großen Teil reine Einstellungssache. Das sagt sich so leicht, gestaltet sich in der praktischen Umsetzung aber oftmals schwierig. Aus diesem Grund greife ich den Punkt „Mindset und Einstellung" in Kapitel 12 auf und stelle dar, wie du die Gelassenheit auf mentaler Ebene begünstigen kannst.

Geduld und Akzeptanz

Gelassenheit hängt mit Geduld und mindestens genauso stark mit der sogenannten radikalen Akzeptanz zusammen. Während dir Geduld sicherlich ein Begriff ist, ist die radikale Akzeptanz für dich vielleicht Neuland. In Kapitel 13 wirst du dazu ermutigt, dich auf dieses neue Terrain zu begeben und dir damit ein weiteres wichtiges Werkzeug im Sinne der Gelassenheit anzueignen.

Bewusste Entspannungsphasen

Last but not least setzen wir uns natürlich mit der gezielten Entspannung auseinander. Kapitel 14 versorgt dich mit effektvollen Entspannungsübungen, die dich zum Entspannen von Körper und Geist anleiten.

Die Reihenfolge dieser Komponenten der Gelassenheit ist nicht zufällig gewählt, sondern wohl durchdacht. Deshalb empfiehlt es sich, die folgenden Kapitel in der richtigen Reihenfolge durchzuarbeiten und nicht etwa vor- und zurückzuspringen. Wie schnell oder langsam du die Kapitel durcharbeitest, liegt an dir. Du entscheidest, welches Tempo in deinem Fall angemessen ist. Es ist jedoch ratsam, dir für die Übungen jedes Kapitels mindestens drei – besser noch vier bis sieben – Tage Zeit zu nehmen. Ansonsten kannst du dich leicht selbst überfordern und hast keine Möglichkeit, die dargestellten Techniken wirklich auszutesten und zu verinnerlichen.

Kapitel 8: Motivation und Wille

Wie angekündigt, nehmen wir uns zunächst der Motivation und dem Willen an, denn sie legen den Grundstein für alles weitere. Nachfolgend findest du fünf Übungen, die deine Motivation befeuern und deinen Willen, an deiner Gelassenheit zu arbeiten, steigern. Da jeder Mensch anders ist, kann es sein, dass nicht jede Übung ihren Zweck bei dir erfüllt oder gut zu dir passt. Dennoch solltest du allen Übungen zumindest eine Chance geben und sie ausprobieren. Falls dir eine Übung auch danach noch nicht zusagt, kannst du diese vernachlässigen und dich dafür stärker auf die übrigen vier Übungen konzentrieren. Dies gilt nicht nur für dieses Kapitel, sondern für alle Abschnitte, die praktische Übungsvorschläge beinhalten.

Wunschkärtchen

Für diese erste Übung brauchst du kleine Karteikarten. Alternativ kannst du auch ein etwas dickeres Papier verwenden und dieses zu kleinen Karten zuschneiden. Außerdem benötigst du einen Beutel oder eine Box, in der du die Kärtchen aufbewahren kannst. Nimm einen Stift zur Hand und lege das erste leere Kärtchen vor dich. Überlege dir nun, welche Wünsche du dir mit mehr Gelassenheit (leichter) erfüllen könntest. Für welches deiner Ziele ist die Gelassenheit Voraussetzung oder zumindest zuträglich? Wobei wird dir die Gelassenheit helfen, schneller oder leichter voranzukommen? Auf die eine Seite der Kärtchen schreibst du diesen Wunsch, auf die andere Seite zeichnest du eine kleine Verbildlichung desselben. Du könntest also zum Beispiel „Beförderung“ schreiben und dich bei der Ausübung deiner angestrebten Jobposition zeichnen. Wenn dich die Motivation verlässt, greifst du in den Beutel oder die Box und ziehst ein Wunschkärtchen heraus, das du dir dann ansiehst. Optimalerweise beginnst du mit mindestens fünf Kärtchen. Später kannst du natürlich beliebig viele weitere Karten hinzufügen.

Motivationscollage

Übung 2 verlangt nach einem großen Karton, einem Klebestift und einem Stift. Entscheide dich bei der Wahl des Kartons möglichst für eine Farbe, die für dich die Gelassenheit und deren Vorteile symbolisiert. Viele Menschen wählen entsprechend einen Karton in Blau-, Grün- oder Lilatönen. Mache dich dann online auf die Suche nach Bildern und Zitaten, die dich dazu motivieren, deine Gelassenheit auszubauen. Drucke die Bilder aus und gestalte auf dem Karton eine Collage, die du durch handschriftlich verewigte Zitate und motivierende Gedanken ergänzt. So entsteht ein bunter und möglichst motivierender Mix aus Symbolen deiner persönlichen Auffassung von Gelassenheit. Die Collage kannst du aufhängen oder an einem Ort verstauen, an dem du sie bei Bedarf schnell wiederfindest.

Motivation per Post-It

Diese Übung ist besonders alltagstauglich und auf lange Sicht zeitsparend. Du musst nur einmal Arbeit investieren und profitierst dann über Wochen und Monate hinweg davon. Besorge dir Post-Its in auffallenden Farben, zum Beispiel in Pink oder Neongrün. Denke darüber nach, warum genau du zu mehr Gelassenheit finden möchtest. Schreibe jeweils einen dieser Gründe für einen Ausbau deiner Gelassenheit auf ein Post-It und bringe die klebenden Papierstücke dann an Stellen in deiner Wohnung an, an denen du sie täglich mehrmals siehst. Normalerweise bieten sich beispielsweise der Badezimmerspiegel, die Tür des Kleiderschranks, die Kühlschranktür, die Sonnenblende im Auto oder der Schrank, in dem du deine Pflegeprodukte aufbewahrst, an. Durch die angebrachten Post-Its wirst du ohne weiteres Zutun tagtäglich an deine persönlichen Gründe für mehr Gelassenheit erinnert und kannst diese so quasi nebenbei verinnerlichen und deine Erinnerung dabei automatisch wieder auffrischen.

Visualisierung

Kennst du die Technik der Visualisierung? Wenn nicht, dann wird es höchste Zeit, sie kennenzulernen. Sportler, Musiker, Wissenschaftler und andere Menschen mit hohen Zielen nutzen diese Technik seit Jahrzehnten, um ihre Ziele zu manifestieren und sich laufend zu motivieren. Es geht darum, sich schon jetzt so zu fühlen, wie man sich fühlen wird, wenn man sein Ziel – in diesem Falle also mehr Gelassenheit – erreicht hat. Hierfür bedient man sich eines imaginären Bildes, das man detailreich ausarbeitet und immer wieder hervorruft. Eigentlich ist das Ganze recht einfach: Wähle ein Bild, das dich als vollkommen gelassenen Menschen zeigt. Du könntest dir beispielsweise vorstellen, wie du absolut ruhig inmitten eines Pulks an aufgeregten Menschen stehst oder wie du völlig souverän einen Vortrag vor einem großen Publikum hältst. Statte das Bild deiner Wahl mit einigen prägnanten Details aus, die es dir erleichtern, dich an genau dieses Bild zu erinnern. Schließe die Augen und beschwöre das Bild herauf. Versuche dann, dich in die Situation hineinzufühlen und Gefühle hervorzubringen, die dazu passen. Auf diese Weise kannst du dich für einen Moment so fühlen, als wärst du bereits ein echter Profi in Sachen Gelassenheit. Je öfter du dein Ziel visualisierst, desto einfacher kannst du das Bild und das zugehörige Gefühl abrufen und desto länger kannst du diesen Moment ausdehnen. Am besten machst du die Visualisierung zu einer festen Routine, der du zum Beispiel immer vor dem Einschlafen und/oder nach dem Aufwachen nachgehst.

Autosuggestionen

Die fünfte und letzte Übung zum Thema Motivation und Wille bedient sich Autosuggestionen, also Selbsteinredungen. Kennst du den Satz „Wenn man sich etwas nur oft genug sagt, glaubt man es selbst/wird es wahr“? Genau dieses Prinzip machen sich die Autosuggestionen zunutze. Du sagst dir immer wieder, dass du gelassener werden möchtest und dass du gelassener werden kannst. Dadurch stärkt sich langfristig dein Glaube an deine Fähigkeit, gelassener zu werden sowie dein Wunsch nach mehr Gelassenheit. Du kannst deine gewählten Autosuggestionen laut aussprechen oder nur in Gedanken sagen – der Effekt bleibt der gleiche. Auch hier bietet es sich wieder an, eine Routine einzuführen. Du könntest vor oder nach der täglichen Visualisierung zu den Autosuggestionen übergehen und zum Beispiel diese Sätze wiederholen:

- ➡ Ich werde gelassener.
- ➡ Meine Gelassenheit wächst.
- ➡ Ich wünsche mir mehr Gelassenheit.
- ➡ Ich möchte gelassen sein.
- ➡ Ich bin gelassen.
- ➡ Gelassenheit ist einfach.
- ➡ Es fällt mir leicht, gelassen zu sein.
- ➡ Die Gelassenheit ist mein Ziel.
- ➡ Ich erreiche meine Ziele.
- ➡ Gelassen schaffe ich alles.

Wiederhole die Sätze so oft wie möglich, um sie wirklich tief zu verinnerlichen. Du wirst feststellen, dass sich deine Motivation und dein Wille mittels Autosuggestionen wirkungsvoll festigen und beibehalten lassen.

Kapitel 9: Selbstreflektion und Achtsamkeit

In diesem Kapitel erwartet dich eine Auswahl an Übungen zur Selbstreflektion und Achtsamkeit. Wir konzentrieren uns darauf, deine Sinne und dein Gespür zu schulen – und zwar insbesondere in Bezug auf die Gelassenheit. Wenn du aktuell noch zu den Personen gehörst, die wenig achtsam leben und denen es schwer fällt, ihr Denken, Fühlen und Tun zu reflektieren, brauchst du einiges an Geduld, um dir diese Fertigkeiten anzueignen. Wichtig ist, dass du dranbleibst und möglichst auf täglicher Basis übst, sodass du schon bald erste Fortschritte erleben kannst.

Der achtsame Beobachter

Diese Einstiegsübung lehrt dich, deine Umgebung (und später deren Auswirkungen auf dich) achtsam wahrzunehmen. Du kannst sie ganz unabhängig davon, wo du gerade bist, durchführen, sofern du mindestens fünf bis zehn Minuten Zeit hast. Die Übung ist in drei Levels gestaffelt – für Anfänger, Fortgeschrittene und Profis.

Level 1

Deine Aufgabe ist es, deine Umgebung mit allen fünf Sinnen, die dir zur Verfügung stehen, wahrzunehmen. Du beginnst mit dem Sehsinn: Sieh dich um, nimm dir hierfür Zeit und schaue genau hin. Was passiert um dich herum? Welche Farben und Formen siehst du? Dann wanderst du zum Hörsinn, wofür du deine Augen schließen kannst. Was hörst du? Welche Geräusche umgeben dich? Als nächstes ist der Tastsinn an der Reihe: Wie fühlt sich der Boden, auf dem du stehst, oder die Bank, auf der du sitzt, unter deinem Körper an? Welches Gefühl verursachen die Klamotten auf deiner Haut? Zum Schluss widmest du dich dem Geruchssinn und – falls es in der jeweiligen Situation sinnvoll ist – dem Geschmackssinn. Welche Gerüche strömen in deine Nase? Welche Geschmäcker kannst du auf deiner Zunge schmecken? Zu Beginn empfiehlt es sich, die Übung in einer eher ruhigen, reizarmen Umgebung, zum Beispiel im Wald, auf einer Parkbank oder in deiner Wohnung, zu machen. Sobald du den Eindruck hast, dich steigern zu können, verlegst du die Übungseinheiten in reizstarke Gebiete, beispielsweise in die Innenstadt oder die U-Bahn.

Level 2

Level 1 klappt gut und du bist bereit, einen Schritt weiter zu gehen? Dann geht es jetzt darum, die beobachteten Reize der Umgebung mit dem, was diese in und an dir auslösen, in Zusammenhang zu bringen. Wie fühlst du dich mit dem, was du siehst, hörst, riechst, schmeckst und spürst? Welches Gefühl löst beispielsweise ein bestimmter Geruch oder ein aktuell ertönendes Geräusch bei dir aus? Du nimmst nun nicht mehr nur die Reize deiner Umgebung wahr, sondern beobachtest direkt deine Reaktion auf diese Reize. Versuche dabei, möglichst neutral zu bleiben. Beobachte deine Umwelt und deine Reaktionen darauf so, als würdest du einen exotischen Vogel betrachten.

Level 3

Der „achtsame Beobachter" lässt sich nochmals steigern, indem du deine Beobachtungen und Reaktionen in Worte fasst. Du bildest also Sätze nach folgendem Prinzip:

- Es riecht nach frisch gemähtem Gras, wodurch ich mich beruhigt fühle.
- Ich sehe ein weinendes Kind, was mich traurig macht.
- Mein Wollmantel fühlt sich kratzig auf meiner Haut an, weshalb ich mich unwohl fühle.

Du musst diese Sätze nicht laut aussprechen, sondern kannst sie auch einfach leise in deinem Kopf aufsagen. Das Ganze dient dazu, dir den Zusammenhang von Reiz und Reaktion noch bewusster vor Augen zu führen. Wenn es dir gelingt, Level 3 dieser Übung zu verinnerlichen, wirst du künftig nahezu automatisch Zusammenhänge herstellen und den Alltag ganz nebenbei und ohne zusätzlichen Aufwand selbstreflektierter und achtsamer bestreiten können.

Kurzcheck „Inneres Befinden“

Achtsamkeit zu erlernen hat viel damit zu tun, sich immer wieder daran zu erinnern, den Moment wahrzunehmen und in diesem Moment achtsam zu sein. Im Rahmen des Kurzchecks „Inneres Befinden“ richtest du deine Aufmerksamkeit mehrmals täglich ganz bewusst auf dein Inneres und nimmst dein Befinden in diesem Augenblick achtsam wahr. Durch die Wiederholung gewöhnst du dich schnell daran und es wird dir binnen weniger Wochen kaum noch passieren, dass dir die Achtsamkeit in Bezug auf dein Innenleben einen Tag lang abhandenkommt. Und so geht's: Du richtest deine Aufmerksamkeit nach innen und konzentrierst dich eine Minute lang darauf, wie es dir gerade geht und was du empfindest. Wie fühlst du dich? Bist du entspannt oder gestresst? Was beschäftigt dich in diesem Moment? Zum Schluss stellst du dir die Frage, was du jetzt tun könntest, um dich gelassener und entspannter zu fühlen und dein inneres Befinden zu verbessern. Das Praktische am Kurzcheck ist, dass du ihn überall und zu jeder Zeit durchführen kannst. Er nimmt nicht viel Zeit in Anspruch und lässt sich so aufwandsarm in deinen Alltag integrieren. Achte anfangs darauf, den Kurzcheck mindestens drei Mal täglich zu durchlaufen. Am besten erstellst du Erinnerungen in deinem Smartphone, sodass du den Kurzcheck nicht vergisst. Das gilt auch hinsichtlich des Kurzchecks „Körperliches Befinden“, den wir uns als nächstes ansehen.

Kurzcheck „Körperliches Befinden“

Beim Kurzcheck „Körperliches Befinden“ konzentrierst du dich auf deinen Körper, anstatt auf dein Inneres. Du nimmst dir wieder eine Minute Zeit und richtest deine Aufmerksamkeit diesmal auf deinen Körper. Wie fühlt er sich an? Sind deine Muskeln angespannt? Hast du Verspannungen oder körperliche Schmerzen? Und was könntest du in diesem Moment tun, um dein körperliches Befinden zu verbessern und zu mehr körperlicher Entspannung zu finden? Auch diesen Kurzcheck führst du mindestens drei Mal täglich durch. Zu Beginn ist es ratsam, beide Kurzchecks – „Inneres Befinden“ und „Körperliches Befinden“ - strikt voneinander zu trennen und mindestens zehn Minuten zwischen den beiden Durchläufen vergehen zu lassen. So fällt es dir leichter, zwischen innerem und körperlichem Befinden zu unterscheiden und deine Aufmerksamkeit klar zu lenken. Später kannst du beide Checks kombinieren und direkt vom inneren zum körperlichen Befinden übergehen – oder umgekehrt.

Selbstreflektion am Ende des Tages

Um laufend selbstreflektiert denken, fühlen und handeln zu können, muss die Selbstreflektion als solche zunächst verstanden und geübt werden. Es bietet sich an, sich jeweils am Ende des Tages etwa eine Viertelstunde Zeit dafür zu nehmen. Schaffe dir ein Notizbuch an oder erstelle ein Dokument am Smartphone oder PC, in dem du die Erkenntnisse deiner abendlichen Selbstreflektions-Einheiten festhalten kannst. Prinzipiell gehst du immer nach demselben Schema vor. Du stellst dir die folgenden Fragen und hältst die Antworten darauf stichpunktartig oder in ganzen Sätzen fest:

- ✓ Was ist heute passiert?
- ✓ Wie hoch war mein Stresspegel im Gesamten auf einer Skala von 1 (sehr niedrig) bis 10 (sehr hoch)?
- ✓ In welchen Situationen habe ich mich besonders gestresst gefühlt?
- ✓ Wann war ich besonders entspannt und gelassen?
- ✓ Inwiefern haben meine Gedanken, Gefühle und Handlungen zum Stress beigetragen?
- ✓ Inwiefern haben meine Gedanken, Gefühle und Handlungen zur Gelassenheit beigetragen?

- ✓ Was könnte ich morgen anders machen, um weniger gestresst und dafür gelassener durch den Tag zu kommen?

Zunächst lässt du den vergangenen Tag also Revue passieren und gehst step-by-step durch die Geschehnisse. Dann siehst du genauer hin und stellst die Themen Stress und Gelassenheit in den Fokus. Deine Aufzeichnungen solltest du dir am Ende jeder Woche ansehen, um gegebenenfalls Muster erkennen und tageübergreifende Erkenntnisse gewinnen zu können.

Selbstreflektion im Moment

Die Selbstreflektion am Ende des Tages wird von der Selbstreflektion im Moment ergänzt. Immer dann, wenn dir – zum Beispiel durch einen Kurzcheck – auffällt, dass du gerade besonders gelassen oder gestresst bist, hältst du inne und reflektierst: Warum bin ich gerade gelassen/gestresst? Wie wirkt sich dies auf meine Gedanken, Gefühle und Handlungen aus? Wie beeinflussen meine Gedanken, Gefühle und Handlungen andersherum den Stress/die Gelassenheit? Auf diese Weise kreierst du ein Verständnis bezüglich des Zusammenhangs zwischen Stress/Gelassenheit und deinem Zutun in Form von Gedanken, Gefühlen und Handlungen.

Der Gedanken-Gefühls-Handlungs-Kreislauf

Wenn es um die Gelassenheit geht, spielt auch die Achtsamkeit im Hinblick auf das gegenseitige Bedingen von Gedanken, Gefühlen und Handlungen eine Rolle. Was du denkst, beeinflusst deine Gefühle, was du fühlst, beeinflusst dein Handeln und was du tust, beeinflusst deine Gedanken. Genauso beeinflussen deine Gedanken, was du tust, deine Gefühle, was du denkst, und deine Handlungen, was du fühlst. Gedanken, Gefühle und Handlungen stehen unweigerlich miteinander in Verbindung und nehmen ausnahmslos Einfluss aufeinander. Ein Beispiel: Du arbeitest unter Zeitdruck, fühlst dich dadurch gestresst und denkst „Mann, ich bin unheimlich im Stress“. Dieser Gedanke verstärkt wiederum das Stressgefühl, der Zeitdruck wird dir noch bewusster und du versuchst, noch schneller zu arbeiten. In diesem Fall löst deine Handlung ein Gefühl aus, auf das Gefühl folgt ein Gedanke, der Gedanke intensiviert das Gefühl und dieses beeinflusst die Handlung. Gedanke, Gefühl und Handlung befinden sich also in einem konstanten Zusammenhang und begünstigen sich gegenseitig auf eine Art, die zu einem fortlaufenden Zuspitzen führt. Genauso könnte der Gedanke „Ich bin entspannt und gelassen" zu mehr gefühlter Gelassenheit führen, welche ein ruhigeres, gelasseneres Tun begünstigt, was dann wieder zu entspannten Gedanken beiträgt – und so weiter. Um diesen Kreislauf greifbarer zu machen, sollst du ihn in dieser Übung lediglich beobachten. Wann immer du einen prägnanten Gedanken zu fassen bekommst, ein solches Gefühl bewusst verspürst oder bei einer Handlung in der Lage dazu bist, einen Teil deiner Aufmerksamkeit auf den Kreislauf zu richten, beobachtest du die Auswirkungen auf die beiden anderen Komponenten. Wenn du dich also beispielsweise gestresst fühlst, achtest du darauf, was dies mit deinen Gedanken und Handlungen macht. Wenn du möchtest, kannst du dir Notizen zu deinen Beobachtungen machen. Im nächsten Kapitel erfährst du dann, wie du den Gedanken-Gefühls-Handlungs-Kreislauf durchbrechen und gezielt umlenken kannst.

Meditation der inneren Achtsamkeit

Ich schließe dieses Übungskapitel mit einer Meditation ab, die deine innere Achtsamkeit schult. Keine Sorge: Selbst, wenn du bisher noch nie meditiert hast, kannst du diese Meditation problemlos mitmachen. Du musst kein erprobter Guru sein, sondern lediglich die Bereitschaft mitbringen, dich auf die Meditation einzulassen und einen genauen Blick auf dein Inneres zu werfen. Die Meditationsübung setzt sich aus diesen Schritten zusammen:

Schritt 1: Vorbereitung

Damit du ungestört meditieren kannst, solltest du einen Ort aufsuchen, an dem es möglichst ruhig ist und an dem du für mindestens 15 Minuten allein bist. Mache es dir im Sitzen oder liegen bequem und achte dabei darauf, dass du eine Position einnimmst, in der dein Atem ungehemmt fließen kann. Verschränke also zum Beispiel nicht die Arme vor der Brust, sondern sitze aufrecht und lege die Arme auf deinen Oberschenkeln ab.

Schritt 2: Einleitung

Vergewissere dich, dass du wirklich bequem liegst oder sitzt, und schließe die Augen. Konzentriere dich nun zuerst auf deine Atmung. Lasse deinen Atem natürlich fließen, ohne ihn in irgendeiner Weise beeinflussen oder lenken zu wollen. Spüre genau hin und nimm wahr, wie die Luft deine Lungen füllt, sich in deiner Brust sammelt und deinen Körper schließlich wieder verlässt. Versuche, mit deinen Gedanken ganz bei deinem Atem und den damit verbundenen Empfindungen zu bleiben. Solltest du abschweifen, ärgerst du dich nicht darüber, sondern kehrst einfach wieder zu deiner Atmung zurück. Sobald du das Gefühl hast, deutlich ruhiger geworden zu sein, atmest du nach folgendem Prinzip weiter: Du atmest ein und zählst dabei bis fünf, dann hältst du den Atem für eine Sekunde an und atmest schließlich aus, während du bis sieben zählst. Einatmen – eins, zwei, drei, vier fünf. Halten – eins. Ausatmen – eins, zwei, drei, vier, fünf, sechs, sieben. Auf diese Weise nimmst du mindestens acht mitgezählte Atemzüge, bevor du zum nächsten Schritt übergehst.

Schritt 3: Spiel mit der Aufmerksamkeit

Nun gilt es, deine auf das Atmen und Zählen fokussierte Aufmerksamkeit spielend und ohne Druck nach innen zu richten. Hierfür nutzt du das Ausatmen. Du zählst also wieder beim Einatmen mit, bereitest dich beim Halten des Atems auf das Kommende vor und lenkst deine Achtsamkeit beim Ausatmen nach innen, wobei du dann natürlich nicht mitzählst. Sobald die eingeatmete Luft komplett aus deinen Lungen geströmt ist, beginnst du wieder mit dem gezählten Einatmen. Durch dieses „Spiel mit der Aufmerksamkeit" kannst du dich mit einer gewissen Leichtigkeit und einer klaren Struktur folgend vorantasten. Anstatt dich verbissen auf dein Inneres zu konzentrieren, springst du zwischen dem einfachen Zählen und dem Blick nach innen hin und her. Bei den ersten Atemzügen blickst du ziel- und erwartungslos nach innen. Du versuchst einfach nur, für einige Augenblicke wahrzunehmen, wie du dich gerade fühlst und was in dir vorgeht. Sobald dir das Hin- und Herspringen keine Schwierigkeiten mehr bereitet und fast von selbst gelingt, nimmst du dir vor, noch genauer hinzuspüren und einzelne Empfindungen und Gefühle auszumachen. Um einen direkten Bezug zu unserem Thema – also zur Gelassenheit – herzustellen, fragst du dich schließlich beim Halten der Atemluft abwechselnd: Bin ich gestresst? / Bin ich gelassen? Beim Ausatmen versuchst du dann, durch den Blick nach innen eine Antwort darauf zu finden.

Schritt 4: Mantra

Nachdem du ausgiebig mit deiner Aufmerksamkeit gespielt und dein Inneres abgetastet hast, beginnst du damit, das Zählen komplett zu eliminieren und auf ein Mantra umzusteigen. Dieses Mantra kannst du dir selbst aussuchen, wobei mitunter diese Formulierungen infrage kommen:

- Ich bin ruhig und entspannt
- Ich spüre die Gelassenheit
- Der Stress fällt von mir ab
- Ciao Stress, hallo Entspannung
- Gelassenheit und Ruhe
- Innere Ruhe und Klarheit

Beim Einatmen wiederholst du das Mantra in deinem Kopf, beim Halten der Luft pausierst du kurz, beim Ausatmen sprichst du wieder das Mantra und erwartest dabei jedes Mal aufs Neue, dich direkt gelassener, entspannter und ruhiger zu fühlen.

Schritt 5: Ausleitung

Wann du die Meditation beendest, entscheidest du allein. Im Idealfall geschieht das natürlich erst dann, wenn du dein Innenleben mithilfe des Spiels mit der Aufmerksamkeit achtsam betrachtet und durch das Mantra zu einem deutlichen Plus an innerer Ruhe gefunden hast. Solltest du dich allerdings schon zuvor akut unwohl fühlen oder das Gefühl haben, dich selbst zu überfordern, ist eventuell eine verfrühte Ausleitung sinnvoll. Um die Meditation zu beenden, gehst du rückwärts durch die Schritte: Du verabschiedest dich von deinem Mantra und zählst stattdessen wieder das Einatmen, während du den Blick beim Ausatmen nach innen richtest. Dann verschwindet auch der Blick nach innen und du zählst beim Einatmen bis fünf und beim Ausatmen bis sieben. Schließlich hörst du auf zu zählen und lässt deinem Atem wieder seinen natürlichen Lauf. Zu guter Letzt öffnest du die Augen und kommst zurück in die Realität.

Kapitel 10: Erkennen und reduzieren von Stressoren

Auch wenn zweifelsohne alle (Übungs-)Kapitel dieses Buches eine Wichtigkeit hinsichtlich der Gelassenheit besitzen, ist die besonders große Bedeutung dieses Kapitels nicht von der Hand zu weisen. Wir setzen uns nun mit dem Erkennen und Reduzieren von Stressoren – also von Stressauslösern – auseinander. Du wirst dementsprechend nicht nur dazu angeleitet, deine persönlichen Hauptstressoren aufzudecken, sondern erhältst auch Anregungen und Tipps, mit denen es dir gelingen kann, das Auftreten oder die Intensität dieser Stressoren zu verringern.

Die häufigsten Stressoren

Vorab sehen wir uns an, welche Stressoren uns Menschen besonders häufig in Stress versetzen. So bekommst du eine Idee davon, wie Stressoren aussehen können, und entdeckst vielleicht sogar schon den ein oder anderen Auslöser, der dir selbst bekannt vorkommt. Dabei unterscheiden wir zwischen internen und externen Stressoren.

Interne Stressoren

Interne Stressoren sind Stressauslöser, die aus deinem Inneren stammen. Oft handelt es sich dabei um Stress, den man sich wortwörtlich selbst macht. Doch auch tief verankerte Glaubenssätze aus der Kindheit können als interne Stressoren fungieren. Beispiele für interne Stressoren sind:

- ✓ Zu hohe Erwartungen
- ✓ Perfektionismus
- ✓ Schließen von sich auf andere
- ✓ Abhängigkeit von der Bestätigung anderer

- Angst (z.B. davor, nicht gut genug zu sein oder eine falsche Entscheidung zu treffen)
- Unsicherheit und mangelndes Selbstvertrauen
- Unrealistische Ziele
- Unerfüllte Träume
- Fehlende Trennung zwischen Eigen- und Fremdverantwortung
- Bedürfnis, allen zu jeder Zeit gerecht zu werden
- Verlustängste
- Mangelnde Selbstliebe/starker Selbsthass
- Pessimismus

Externe Stressoren

Mit externen Stressoren sind Stressauslöser gemeint, die aus dem Umfeld – also nicht aus deinem Inneren – stammen und dementsprechend von außen an dich herangetragen werden. Diese Beispiele häufig auftretender externer Stressoren sind hier zu nennen:

- Finanzielle Engpässe und Schulden
- Jobverlust oder Angst davor
- Harte Kritik (z.B. vom Chef oder einem Freund)
- Streit und Konfliktsituationen
- Stau
- Wartezeiten (z.B. beim Arzt oder auf die Bahn)
- Lärm und unangenehme Geräusche
- Unangenehme Gerüche und Geschmäcke

✓ Gruppenzwang

✓ Meinungsverschiedenheiten

✓ Prüfungen

✓ Druck von außen (z.B. vom Vorgesetzten oder Trainer)

In einigen Fällen wirken externe und interne Stressoren zusammen und verstärken sich dann gegenseitig. So kann beispielsweise die Kritik des Chefs als externer Stressor den internen Stressor der Selbstkritik, des Zweifels am eigenen Können und des mangelnden Selbstvertrauens „aktivieren".

Erkennen von Eu- und Disstress

In Kapitel 2 hast du gelernt, dass nicht jeder Stress negativ ist. Eustress ist – im Gegensatz zu Disstress – begrüßenswert, weshalb kein Bedarf besteht, diesen zu reduzieren. Um also herauszufinden, auf welche Stressoren es zu achten gilt, musst du zunächst lernen, Eu- und Disstress voneinander zu unterscheiden. Fassen wir nochmals zusammen, was beide Stressarten kennzeichnet:

Eustress

- Motivierend und anspornend
- Leistungssteigernd
- Vorübergehend
- Gefolgt von einer Entspannungsphase

Disstress

- Überanstrengend und belastend
- Auf Dauer leistungsmindernd

- Andauernd
- Keine/zu wenig Entspannungsphasen
- Dauerstress

Jeder Mensch empfindet Eu- und Disstress bis zu einem gewissen Grad individuell, weshalb es nicht zielführend ist, eine pauschale Anleitung zum Erkennen und Auseinanderhalten der beiden Stressarten bereitzustellen. Viel mehr musst du durch achtsames Beobachten selbst herausfinden, wann du dich im Eu- beziehungsweise im Disstress befindest. Da die beiden Stressarten häufig situationsgebunden auftreten, kannst du deine Beobachtungen starten, indem du sie gezielt dann durchführst, wenn du dich in einer Situation befindest, in der du dir recht sicher sein kannst, welche Art von Stress aktuell vorliegt. Vor einer wichtigen Prüfung lässt sich zum Beispiel meist Eustress beobachten, während Disstress beispielsweise an einem langen Arbeitstag ohne nennenswerte Pausen auftritt. Um deine Beobachtungen festzuhalten, kannst du folgendes Formular nutzen:

Eustress Beobachtungen

Wenn ich im Eustress bin, fühle ich mich ________________________.

Mein Körper reagiert auf Eustress mit___________________________.

Im Eustress sind meine Gedanken ______________________________.

Wenn ich im Eustress bin, handle ich____________________________.

An folgenden Anzeichen kann ich Eustress zuverlässig erkennen:

-
-
-

In diesen Situationen befinde ich mich typischerweise im Eustress:

-
-
-

Disstress Beobachtungen

Wenn ich im Disstress bin, fühle ich mich ______________________.

Mein Körper reagiert auf Disstress mit ______________________.

Im Disstress sind meine Gedanken ______________________.

Wenn ich im Disstress bin, handle ich ______________________.

An folgenden Anzeichen kann ich Disstress zuverlässig erkennen:

-
-
-

In diesen Situationen befinde ich mich typischerweise im Disstress:

-
-
-

Erkennen von vermeidbarem und unvermeidbarem Stress

Dir ist bereits bekannt, dass sich nicht jeder Stress vermeiden lässt. Manchmal führt kein Weg daran vorbei. Dann ist es sinnlos, darüber nachzudenken, wie man diesen Stress vermeiden oder beenden könnte – denn es geht einfach nicht. Deshalb musst du dich darin schulen, unvermeidbaren von vermeidbarem Stress zu unterscheiden. Auch diese beiden Stressarten stelle ich an dieser Stelle – inklusive einiger Beispiele – kurz gegenüber:

Vermeidbarer Stress

- Intern und/oder extern
- Lässt sich vermeiden oder beenden
- Kann durch vorausschauendes Vorgehen verhindert werden
- Oft Disstress
- Wird ggf. als unvermeidbar empfunden

Beispiele

- ✓ Druck, eine Aufgabe trotz mangelnder Zeit zu erledigen, obwohl sie eigentlich bis morgen warten kann
- ✓ Grübeln und Gedankenkreisen (siehe Kapitel 15)
- ✓ Drang, immer und überall die besten Leistungen zu erbringen
- ✓ Ständiges Vergleichen mit anderen Personen
- ✓ Überzogene Selbstkritik

Unvermeidbarer Stress

- Intern und/oder extern
- Lässt sich nicht vermeiden oder beenden
- Kann nicht verhindert werden, ganz egal, was man tut
- Oft Eustress
- Wird ggf. als vermeidbar empfunden

Beispiele

- ✓ Bevorstehende Fahrprüfung
- ✓ Vorstellungsgespräch
- ✓ Kritische Situation, die nicht verlassen werden kann

Genau wie Eu- und Disstress, können sich auch unvermeidbarer und vermeidbarer Stress gegenseitig bedingen beziehungsweise verstärken. Das wäre zum Beispiel der Fall, wenn der unvermeidbare Stress aufgrund der anstehenden Fahrprüfung den vermeidbaren inneren Drang, die absolut beste Leistung aller Zeiten zu erbringen, hervorruft. Um dich in der Unterscheidung zu üben, frage dich einfach jedes Mal, wenn du Stress verspürst, ob dieser Stress vermeidbar oder unvermeidbar ist. In aller Regel reicht es aus, bewusst darüber nachzudenken, da die Unterscheidung selbst recht unkompliziert ausfällt.

Stressoren identifizieren

Mit diesem Abschnitt starten wir in den wirklich wichtigen und bedeutsamen Teil dieses Kapitels: das tatsächliche Erkennen (und anschließend Reduzieren oder Abschwächen) von Stressoren. Auch hier gilt wieder: Der Schlüssel zum „Erfolg“ ist das achtsame Beobachten. Mit dem Wissen, das du durch das Lesen der vorherigen Kapitel gesammelt hast, bist du in der Lage dazu, dich in Stresssituationen achtsam und selbstreflektiert zu betrachten. Du weißt, woran Stress grundsätzlich zu erkennen ist und bist daher befähigt wahrzunehmen, wenn du unter Stress stehst. Worum wir uns nun kümmern, ist das Identifizieren der Stressauslöser. Zu diesem Zweck verwendest du das folgende Tabellenbeispiel zunächst über den Zeitraum von einer Woche. Anschließend kannst du sie durch Erweitern fortführen, was definitiv zu empfehlen ist. In der ersten Zeile findest du ein Beispiel dafür, wie die Tabelle auszufüllen ist.

TAG	Situation	Intern / extern	Vermeidbar?	Gefühle	Gedanken	Stressor(en)
X	*Kindergeburtstag, viel Trubel, Lärm und Aufregung*	*Extern*	*Nein*	*Überforderung, Bedürfnis nach Ruhe*	*Wann können wir endlich gehen? Das ist alles zu viel.*	*Menschenmenge, Lärm*

Je länger du die Tabelle führst, desto deutlicher lassen sich bestimmte Muster und Zusammenhänge erkennen. Die Stressoren, die immer wieder auftauchen, sind deine Hauptstressoren. Es sind Auslöser, die in deinem Alltag häufig vorkommen und bei dir verlässlich zu Stress führen. Solltest du die Tabelle nicht in ausgedruckter Form mit dir führen, kannst du dir tagsüber einfach Notizen machen und diese abends in die Tabelle übertragen. Nimm dir vor, mindestens einen Stressor pro Tag einzutragen, es sei denn, du verspürst einen ganzen Tag lang keinerlei Stress. Einzutragen ist lediglich der Disstress, Eustress kannst du vernachlässigen.

Stressoren abschwächen, reduzieren und eliminieren

Jetzt wird es noch spannender: Es geht darum, die erkannten Hauptstressoren abzuschwächen, zu reduzieren und – wenn möglich – sogar zu eliminieren. Interessant sind hier nur noch die Stressoren, die du (in der Mehrheit) als vermeidbar eingestuft hast. Sämtliche Maßnahmen zur Abschwächung, Reduktion und Eliminierung, die du in diesem Absatz erarbeitest, gelten natürlich nur für Situationen, in denen sie vermeidbar sind. Erstelle eine Liste dieser Stressoren, damit du sie dir dann einzeln vornehmen kannst.

Schritt 1: Stressor bewusst machen

Du startest mit dem ersten Stressor auf deiner Liste. Um den Prozess beispielhaft darstellen zu können, nehmen wir nun an, dieser wäre der Lärm. Als erstes machst du dir bewusst, dass dieser dich immer wieder stresst und überlegst dir, ob es sich um einen internen oder externen Stressor handelt. Im Falle des Lärms haben wir es mit einem externen Stressor zu tun. Dann stellst du dir die Frage, inwiefern er vermeidbar ist. Lärm ist vermutlich manchmal vermeidbar, manchmal nicht. Wenn diese Eckdaten zum Stressor klar sind, geht es weiter mit Schritt 2.

Schritt 2: Zugehörige Situationen auflisten

In welchen Situationen greift dieser Stressor? Als Erinnerungsstütze kannst du deine Tabelle aus dem letzten Abschnitt zur Hand nehmen. Liste alle Situationen auf, in denen der Stressor vorliegt, und ergänze um mögliche Situationen, die noch nicht eingetreten sind, aber vermutlich noch auf dich zukommen. Bei unserem Beispiel könnte die Liste so aussehen:

- ✓ Geburtstage
- ✓ Partys
- ✓ Events
- ✓ Konzerte
- ✓ Parks mit schreienden Kindern
- ✓ Baustellen
- ✓ Vielbefahrene Straßen
- ✓ Großraumbüro
- ✓ Lautstarker Streit
- ✓ U-Bahnhof

Schritt 3: Möglichkeiten der Elimination betrachten

Im nächsten Schritt erwägst du die Möglichkeit, den Stressor komplett zu eliminieren. Du denkst also darüber nach, ob es eine Möglichkeit gibt, diesem Stressor nie wieder ausgesetzt zu sein. Findest du eine Lösung, ist das prima. Dann kannst du das Prozedere für diesen Stressor an dieser Stelle beenden und mit dem nächsten weitermachen. Bei unserem Beispiel des Lärms ist eine vollkommene Elimination nicht möglich, weshalb wir mit Schritt 4 weitermachen.

Schritt 4: Maßnahmen zur Reduktion erarbeiten

Gibt es Möglichkeiten, dem Stressor weniger häufig ausgesetzt zu sein? Wenn ja, wie sehen diese aus? Betrachten wir wieder den Stressor Lärm: Wie könnte man es schaffen, seltener mit Lärm konfrontiert zu werden? Man könnte nur Einladungen zu Treffen und Verabredungen annehmen, die erwartungsgemäß ruhig verlaufen, mit dem eigenen Auto anstatt mit der U-Bahn zur Arbeit fahren und das Gegenüber bei einem Streit bitten, sich in der Lautstärke zu mäßigen. Sind diese Maßnahmen umsetzbar? Das kommt darauf an, welche Kompromisse man bereit ist einzugehen. Wenn man beispielsweise viel Wert auf ein umweltbewusstes Leben legt, könnte das tägliche Autofahren anstelle der Nutzung öffentlicher Verkehrsmittel noch mehr Stress durch ein schlechtes Gewissen und den Verstoß gegen die eigenen Werte verursachen als der Lärm in der U-Bahn. Hier heißt es also: Abwägen und im Zweifel ausprobieren, was funktioniert und was nicht.

Schritt 5: Strategien zur Abschwächung ausarbeiten

Im fünften Schritt geht es nun darum, den Stress in Gegenwart des Stressors abzumildern. Du musst dich also fragen: Wie kann ich, wenn der Stressor gegeben ist, vorgehen, um den damit verbundenen Stress möglichst gering zu halten? Beim Lärm könnte man zum Beispiel Ohrenstöpsel mit sich tragen, den Lärm mit Musik aus Kopfhörern überspielen oder sich gedanklich ganz bewusst ablenken und sich innerlich an einen ruhigen Ort „beamen".

Anschließend ist es nur noch wichtig, die erarbeiteten Maßnahmen – egal ob zur Eliminierung, Reduktion oder Abschwächung – in die Tat umzusetzen. Das ist oftmals leichter gesagt als getan und erfordert ein aktives, tägliches Zutun. Doch der Lohn kann sich sehen lassen: Weniger (stark erlebte) Stressoren bedeuten weniger Stress und folglich mehr Gelassenheit. Der geschilderte, fünfschrittige Prozess lässt sich sowohl auf interne als auch auf externe Stressoren anwenden und ihn zu durchlaufen fällt leichter, je öfter man es tut. Solltest du feststellen, dass deine erarbeiteten Maßnahmen in der Praxis nicht funktionieren, beginnst du einfach von vorn und versuchst, kreativ zu werden. Letztendlich gibt es bei fast jedem Stressor Mittel und Wege zur Elimination, Reduktion und/oder Abschwächung.

Den Gedanken-Gefühls-Handlungs-Kreislauf umlenken

Zum Ende dieses Kapitels beschäftigen wir uns mit dem Gedanken-Gefühls-Handlungs-Kreislauf, den du aus Kapitel 9 kennst. Wenn du weißt, wie du diesen durchbrechen und gezielt umlenken kannst, gelingt es dir leichter, aus dem Stress heraus zu finden, der zum Beispiel durch unvermeidbare Stressoren ausgelöst wird. Denn: Dieser Stress bleibt nur allzu oft auch noch bestehen, nachdem der eigentliche Stressor längst verschwunden ist. Wir erinnern uns: Gedanken, Gefühle und Handlungen beeinflussen sich gegenseitig. Damit dies nicht zu einem Teufelskreis wird, muss an einer Stelle ein „Cut" gesetzt werden. Sprich: Man muss dafür sorgen, einen davon abweichenden Gedanken, ein anderes Gefühl oder eine gegensätzliche Handlung zustande zu bringen. Wenn du es also beispielsweise schaffst, einen stressgetriebenen Gedanken durch einen entspannten zu ersetzen, folgen Gefühl und Handlung. Du siehst: Der Gedanken-Gefühls-Handlungskreislauf muss nicht dein Gegner sein. Du kannst ihn auch für dich arbeiten lassen. Dies bedarf natürlich einiger Übung, denn der gezielt gesetzte Gedanke, die Handlung oder das Gefühl muss authentisch sein, damit wirklich etwas bewirkt wird. Hier führt der Weg zum Erfolg über Versuch und Irrtum. Scheue dich also nicht, dich auszuprobieren und lasse dich von Misserfolgen nicht abschrecken. Jeder Mensch, der es heute beherrscht, diesen Kreislauf zu durchbrechen und in eine neue Richtung zu lenken, hatte gestern oder zumindest vorgestern noch seine Schwierigkeiten damit. Lege einfach los und lasse dich von deinen gemachten Erfahrungen leiten.

Kapitel 11: 10 Tipps für mehr Selbstvertrauen und Selbstsicherheit

Wenn du der Mensch bist, der dir Sicherheit gibt und in den du dein Vertrauen blindlings legen kannst, hast du einen der wichtigsten Grundsteine für die Gelassenheit gelegt. Dieses Kapitel befasst sich mit dem Weg dorthin und stellt dir zehn Tipps vor, mit denen du deine Selbstsicherheit aufbauen und zu mehr Selbstvertrauen finden kannst.

Selbstvertrauen und Selbstsicherheit als treue Partner

Bevor wir mit den zehn Tipps beginnen, lohnt es sich, einen Blick auf die Verbindung zwischen Selbstvertrauen und Selbstsicherheit zu werfen. Es ist tatsächlich so, dass das eine kaum ohne das andere existieren kann. In zweifelhaften Ratgebern und Blogs wird manchmal verkündet, dass der Weg zum Selbstvertrauen über die Selbstsicherheit führt – oder eben andersherum. Dies ist ganz klar ein Trugschluss. Mehr Vertrauen führt zu mehr Sicherheit und mehr Sicherheit führt zu mehr Vertrauen. Beides ist wahr, aber so eng miteinander verknüpft, dass Selbstvertrauen und Selbstsicherheit nur parallel aufgebaut werden können. Je sicherer du dich deiner selbst und mit dir fühlst, desto stärker wächst das Selbstvertrauen – und je mehr Vertrauen du in dich setzt, desto sicherer fühlst du dich. Es macht daher wenig Sinn, diese beiden Komponenten voneinander zu trennen. Viel sinnvoller ist es, sie gemeinsam aufzubauen, zumal eine Trennung zwischen Selbstvertrauen und Selbstsicherheit ohnehin nicht immer möglich ist. Die beiden Komponenten sind treue Partner, die nie von der Seite des anderen weichen und die gemeinsam wachsen müssen, um wirklich stark werden zu können. Aus diesem Grund beziehen sich alle folgenden Tipps auf beide dieser wichtigen Aspekte.

Tipp #1: Lerne dich kennen

Jemandem zu vertrauen und sich mit jemandem sicher zu fühlen, den man kaum kennt, ist nahezu unmöglich und ganz nebenbei bemerkt auch nicht unbedingt klug. Deshalb musst du dich selbst kennen lernen, um Selbstvertrauen und Selbstsicherheit aufbauen zu können. Welche Eigenschaften hast du? Welche Kompetenzen bringst du mit? Welche Macken zeichnen dich aus und welche Werte vertrittst du? Dabei darf nicht vergessen werden, dass wir uns ständig weiterentwickeln und verändern. All das, was du über dich weißt, ist also nicht in Stein gemeißelt, sondern befindet sich in einem unaufhaltsamen Wandel. Versuche, Zeit zu finden, in der du mit dir allein sein und dich wirklich mit dir als Person auseinandersetzen kannst. Denn es ist häufig gerade das Alleinsein, das uns besonders viel über uns selbst lehrt.

Tipp #2: Traue dich

Gerade wenn du zu den Menschen gehörst, deren Selbstsicherheit und Selbstvertrauen eher niedrig ausfallen, ist es wichtig, dass du dir selbst mehr zutraust als dir lieb ist. Du musst aus deiner Komfortzone gehen und dich Herausforderungen stellen, um dir zu beweisen, dass du dich wirklich auf dich verlassen kannst. Das kostet Überwindung, zahlt sich aber definitiv aus.

Tipp #3: Höre auf, dich zu vergleichen

Die Wurzel der Unsicherheit und der mangelnden Selbstliebe ist oftmals in unnötigen Vergleichen zu finden. Wir gehen auf eine Party und vergleichen unser Outfit mit denen der anderen, nur um es dann als zu unspektakulär bewerten zu können, obwohl wir zuvor zufrieden damit waren. Wir sehen Posts von fetten Autos und teuren Villen auf Instagram und Co. und werten unser eigenes Leben unweigerlich ab. Wir vergleichen unseren Körper mit den Körpern von Models, die eine dreistündige Photoshop-Bearbeitung hinter sich haben, und kommen uns daraufhin vor wie ein hässliches Entlein. Für viele Menschen stehen solche Vergleiche an der Tagesordnung – sie hören niemals auf. Das führt dazu, dass sie sich nahezu permanent schlecht und minderwertig fühlen und keine Chance haben, zufrieden mit sich und ihrem Leben zu sein. Stopp! Indem du dich solchen Vergleichen aussetzt, bist du unfair dir selbst gegenüber. Und wer unfair ist, dem kann man nicht vertrauen, geschweige denn sich in seiner Gegenwart sicher fühlen. Es ist nicht nur ok, sondern absolut erstrebenswert, dich nicht mit anderen zu messen. Du bist du und das ist gut so.

Tipp **#4**: Erlaube Fehler

Jeder Mensch macht Fehler. Mal sind es kleine Missgeschicke, mal Fehltritte mit starken negativen Konsequenzen. Beides ist normal. Wenn du zu den perfektionistisch veranlagten Personen gehörst, ist dieser Tipp für dich besonders wertvoll: Erlaube dir, Fehler zu machen. Aus Fehlern lernt man nicht „nur“. Fehler tragen zu dem bei, was du bist, ohne dich zu definieren. Mache dir klar, dass andere auch nur mit Wasser kochen und dass selbst dein größtes Idol nicht frei von Fehlern ist. Der Punkt ist: Auch wenn du Fehler machst, kannst du dir vertrauen. Schließlich wendest du dich auch nicht von Freunden ab, nur weil ihnen einmal ein Fauxpas unterläuft. Lerne, Fehler radikal zu akzeptieren (siehe Kapitel 13) und gestehe dir zu, sie zu machen, wann immer es passiert. Dabei kann dir die Ansicht helfen, dass jeder Fehler seinen Nutzen hat. Fehler können ärgerlich sein, sind aber niemals grundlos, sondern haben immer ihre Daseinsberechtigung.

Tipp **#5**: Feiere deine Stärken

Die Ansicht, dass Stärken anerkannt und gefeiert werden dürfen, ist seltsamerweise kontroverser als man denken würde. Zu viele Menschen vertreten die Auffassung, dass das Stehen zu und Feiern von Stärken arrogant und selbstverliebt sei. Wie aber soll man jemals zufrieden mit sich sein, wenn man nur die persönlichen Schwächen hervorhebt und die Stärken aus falscher Bescheidenheit unter den Teppich kehrt? Selbstsicherheit und Selbstvertrauen werden durch das Erkennen und Wertschätzen der eigenen Stärken ungemein befeuert, weshalb du in diesem Punkt gerne von der Norm abweichen und dir wieder und wieder kräftig auf die Schulter klopfen darfst.

Tipp #6: Akzeptiere deine Schwächen

Wenn von Stärken gesprochen wird, folgt zwangsläufig der „Real Talk" zum Thema Schwächen. Im Gegensatz zu den Stärken, sind wir uns unserer Schwächen oft mehr als bewusst und vergessen kaum einmal, diese zu betonen und uns vorzuhalten. Im Hinblick auf die Selbstsicherheit und das Selbstvertrauen haben Schwächen – sofern sie realistisch betrachtet werden – keinen negativen Einfluss. Jeder Mensch, dem du vertraust, hat Schwächen. Deshalb vertraust du ihm aber nicht weniger. Genau dasselbe gilt in der Beziehung mit dir selbst. Akzeptiere deine Schwächen als Teil von dir, denn sie gehören zu dir und machen dich nicht weniger wertvoll, liebenswert und vertrauenswürdig.

Tipp #7: Tausche dich aus

Manchmal fühlen sich Menschen, die sich mit der Selbstsicherheit und dem Selbstvertrauen schwer tun, als wären sie die einzigen mit diesem Problem. Die Realität sieht jedoch anders aus: Ganz unabhängig von Alter und Geschlecht haben viele Menschen mit dieser Thematik zu kämpfen. Wirklich offen sprechen aber nur die wenigsten darüber. Indem du dies änderst und das Thema im Gespräch mit anderen offensiv aufgreifst, holst du es aus der Tabuzone und beförderst es in einen Raum, in dem es diskutiert und besprochen werden kann. Schon allein dadurch gewinnst du eine erhebliche Portion Selbstvertrauen und Selbstsicherheit hinzu.

Tipp #8: Kümmere dich um dich selbst

Die Selbstfürsorge ist ein wichtiger Aspekt, wenn es um Selbstvertrauen und Selbstsicherheit geht. Wie kannst du dir schon besser zeigen, dass du dich auf dich selbst verlassen kannst, als indem du dich gut um dich kümmerst? Achte auf deine Bedürfnisse und erlaube dir, diese immer wieder zur obersten Priorität zu machen. Das macht dich nicht zum Egoisten, sondern zu einem Menschen, dem du in jeder Lebenslage dein Leben anvertrauen kannst.

Tipp **#9**: Fake it till you make it

Es klingt zu einfach, um funktionieren zu können, kann dir den Weg zum echten Selbstvertrauen und zur gefestigten Selbstsicherheit aber ungemein erleichtern: Fake it till you make it! Tu, wann immer es dir möglich ist, so, als wärst du bereits die Selbstsicherheit in Person und würdest dir zu 100 % vertrauen. So fällt es dir leichter, alle bisher genannten Tipps in die Tat umzusetzen und du kannst den gesamten Prozess beschleunigen.

Tipp **#10**: Arbeite mit Autosuggestionen

Die Arbeit mit Autosuggestionen ist dir bereits aus Kapitel 8 bekannt und wird an dieser Stelle nochmals aufgegriffen. Nutze die Macht der Selbsteinredungen und sage dir zum Beispiel täglich mehrmals:

- Ich bin selbstsicher.
- Ich habe Selbstvertrauen.
- Ich vertraue mir.
- Ich kann mich auf mich selbst verlassen.
- Ich bin immer für mich da.
- Ich bin ein starker, selbstsicherer Mensch.
- Ich fühle mich dem Leben gewachsen.
- Ich darf Vertrauen in mich legen.
- Selbstsicherheit ist meine Stärke.

Natürlich kannst du auch andere Sätze verwenden. Werde ruhig kreativ und kreiere Autosuggestionen, die optimal zu dir passen. Achte dabei aber darauf, keine negativen Formulierungen zu verwenden.

Sage also nicht „Selbstvertrauen ist nicht schwer“, sondern „Selbstvertrauen zu haben fällt mir leicht“. Warum? Ganz einfach: Unser Gehirn hat die Angewohnheit, verneinende Komponenten schlicht zu verschlucken, sodass mit der negativ formulierten Autosuggestion genau das Gegenteil vom Gewünschten bewirkt wird.

Kapitel 12: Mindset und Einstellung

Kapitel 12 nimmt sich dem Mindset und der inneren Einstellung an – ein Faktor, dessen Einfluss auf die Gelassenheit nicht zu unterschätzen ist. Nachfolgend wird in Form von Übungen und informativen Tipps erläutert, wie du zu einer inneren Haltung finden kannst, die einen idealen Nährboden für die Gelassenheit darstellt.

Einfluss der inneren Haltung erkennen

Zunächst musst du verstehen, welchen Einfluss das Mindset auf die Gelassenheit hat. Hier kommt wieder der Gedanken-Gefühls-Handlungs-Kreislauf ins Spiel. Die innere Haltung bewegt sich zu etwa 80 % im Bereich der Gedanken, die übrigen 20 % fallen der Gefühlsebene zu. Das Mindset greift also an zwei Punkten der dreigliedrigen Kette und beeinflusst unser Handeln damit gravierend. Deshalb ist eine gelassene, positive innere Haltung essentiell für gelassene Gedanken, Gefühle und Handlungen und somit einer der Kernpunkte hinsichtlich eines gelassenen Lebens.

Negative Formulierungen bewusst korrigieren

Die innere Einstellung hat viel mit dem zu tun, wie und was wir denken. Denn: Negative, pessimistische und gestresste Gedanken führen gemäß des Gedanken-Gefühls-Handlungs-Kreislauf zu eben solchen Gefühlen und Handlungen. Auch wenn du es vielleicht schon nicht mehr hören kannst, ist es auch hier wieder deine Aufgabe, zu beobachten – und zwar deine Gedanken und deren konkrete Formulierungen. Der Gedanke „Es regnet“ hat eine ganz andere Wirkung als der Gedanke „Schon wieder so ein verfluchtes Mistwetter, was für ein Scheiß“. Nun wird dir beim Beobachten deiner Gedanken mit Sicherheit die ein oder andere Formulierung auffallen, die eher dem zweiten eben genannten Satz entspricht. In diesem Fall solltest du den Gedanken sofort umformulieren. Zum besseren Verständnis und damit du direkt mit der Umsetzung beginnen kannst, findest du nachfolgend nochmals einige Beispiele von suboptimalen Ursprungsgedanken und deren Korrektur:

Schon wieder ein Spiel verloren, ich bin ein absoluter Versager	➡	Ich habe verloren, vielleicht klappt es beim nächsten Mal.
Der Kuchen ist verbrannt, kann ich eigentlich irgendwas richtig machen?	➡	Der Kuchen ist verbrannt, ich muss mit nächstes Mal einen Timer stellen.
Der verdammte Schnee geht mir höllisch auf den Keks.	➡	Es schneit und daran kann ich nichts ändern.
Schau dir den fetten Pickel an, ich bin grottenhässlich.	➡	Ich habe einen Pickel, der meinem Wert als Mensch nichts anhaben kann
Alle sind immer besser als ich.	➡	Ich bin gut so wie ich bin.
Der Strom ist weg, na dieser Tag kann ja nur scheiße werden.	➡	Von einem Stromausfall lasse ich mir meinen Tag nicht vermiesen.

Am Anfang kostet das konsequente Korrigieren „schlechter" Ursprungsgedanken Geduld und viel Durchhaltevermögen. Mit der Zeit wird es aber deutlich einfacher, bis der Großteil der negativ formulierten Gedanken erst gar nicht mehr entsteht. Denn das menschliche Gehirn lernt aus der Wiederholung. Je öfter du also auf eine positivere Korrektur bestehst, desto höher ist die Wahrscheinlichkeit, dass dein Gehirn automatisch eine solche „gute" Formulierung wählt. Als Faustregel kannst du dir merken: Worte wie „immer", „alles", „wieder mal" und „nie" implizieren eine (oft selbsterfüllende) Prophezeiung und sollten daher vermieden werden.

Wunsch-Mindset definieren

Wer sein Ziel nicht kennt, braucht sich eigentlich erst gar nicht auf den Weg machen. Aus diesem Grund solltest du dir darüber klar werden, wie das Mindset, das du zu erarbeiten versuchst, eigentlich aussieht. Was für eine innere Haltung wünschst du dir und wodurch zeichnet sie sich aus? Formuliere konkrete Sätze, die dein Ziel-Mindset definieren und greifbarer machen. Du könntest zum Beispiel schreiben: Ich wünsche mir eine positive innere Haltung, die sich durch Optimismus, Realitätsnähe und Gelassenheit auszeichnet. Sobald deine Definition steht, beginnst du damit, den Weg zum Ziel zu beschreiben. Du nimmst also die einzelnen Bausteine und überlegst dir, wie du es schaffen kannst, sie zu erfüllen. Beim dargestellten Beispiel würdest du nun folgendermaßen vorgehen:

Weg zu einer optimistischen Haltung

Als erstes sorgst du für mehr Klarheit in deiner Definition und legst fest, was genau eine optimistische Haltung für dich ausmacht:

- *Was bedeutet es für dich, optimistisch eingestellt zu sein?*

  Es bedeutet, nicht schwarz zu sehen, das Glas tendenziell eher als halb voll zu betrachten und – vor allem hinsichtlich der Zukunft – mehr positive als negative Gedanken zu hegen.

Dann kreierst du einen Plan beziehungsweise legst Maßnahmen fest, mit deren Hilfe sich dieser Baustein deines Ziels verwirklichen lässt.

- *Wie kannst du eine optimistische Haltung erarbeiten?*

  Eine optimistische Haltung erreichst du, indem du pessimistische Gedanken konsequent umformulierst und im Zweifelsfall versuchst, die konkrete Sache aus einer anderen, weniger persönlich involvierten Perspektive zu sehen.

Weg zu einer realitätsnahen Einstellung

Gleichermaßen gehst du bei den weiteren Bausteinen vor:

- *Was bedeutet es für dich, eine realitätsnahe Einstellung zu besitzen?*

  Es bedeutet, in Gedanken, Gefühl und Handlung nahe an der Realität zu bleiben und es zu schaffen, immer wieder von der stark subjektiven zu einer möglichst objektiven Perspektive zu wechseln.

- *Wie kannst du eine realitätsnahe Einstellung erarbeiten?*

  Dies gelingt dir, indem du deine Gedanken auf deren Realitätsnähe überprüfst und laufend sogenannte Realitätschecks durchführst. Du registrierst also deine Gedanken und fragst dich dann, ob diese mit der Realität übereinstimmen. Da Realität bis zu einem gewissen Grad immer subjektiv ist – schließlich wird sie über die individuelle Wahrnehmung und die gemachten Erfahrungen definiert – musst du dich langsam vorantasten und gegebenenfalls andere Perspektiven einnehmen, um die Realitätsnähe sicherzustellen.

Weg zu einem gelassenen Mindset

- *Was bedeutet es für dich, ein gelassenes Mindset zu haben?*

Es bedeutet, im Hier und Jetzt zu leben und nicht zu versuchen, Dinge vorherzusehen, die unmöglich vorhersehbar sind. Außerdem zeichnet sich ein gelassenes Mindset durch eine möglichst weitreichende Wertungsfreiheit und eine Akzeptanz der Dinge aus, die sich nicht ändern lassen (siehe Kapitel 13).

- *Wie kannst du ein gelassenes Mindset erarbeiten?*

  Die schaffst du, indem du dich in der Achtsamkeit übst, deine Stressoren kennst und Stress nicht mehr als „notwendiges Übel", sondern als kontrollierbaren Zustand betrachtest. Darüber hinaus spielen die radikale Akzeptanz und die Unvoreingenommenheit eine große Rolle. Beides lässt sich trainieren.

Gelassenheit im Mindset verankern

Um Gelassenheit wirklich zu verinnerlichen und fest im Mindset zu verankern, ist es ratsam, verschiedene Übungen und Maßnahmen zu kombinieren. Im Einzelnen sind diese Vorgehensweisen zu empfehlen:

Erkennen von Eigen- und Fremdverantwortung

Wo beginnt deine Verantwortung und wo endet sie? Kann es sein, dass du dich öfter verantwortlich fühlst als du es eigentlich müsstest? Kein Mensch kann gelassen sein, wenn er das Gefühl hat, dass die Last der Welt auf seinen Schultern liegt. Deine innere Einstellung sollte keinesfalls verantwortungslos sein, aber eben nur die Verantwortung als „deine Suppe" einstufen, die tatsächlich zu dir gehört. Schreibe zunächst auf, wofür du dich verantwortlich fühlst:

Gehe nun Punkt für Punkt durch und überlege dir, ob das Jeweilige wirklich in deiner Verantwortung liegt. Um dies mit „Ja" beantworten zu können, müssen diese Punkte zutreffen:

- ✓ Du hast die Kontrolle über das Jeweilige.
- ✓ Das Jeweilige ist plan- und steuerbar.
- ✓ Du kannst das Jeweilige beeinflussen.
- ✓ Die Zuständigkeit liegt bei dir.

Vermutlich kannst du nun bereits einige deiner aufgelisteten Punkte streichen. Gut so! Da gefühlte Verantwortlichkeiten nicht permanent sind, sondern oft ganz spontan im Alltag zustande kommen, musst du außerdem lernen, die Eigen- oder Fremdverantwortung möglichst schnell im Moment zu erkennen. Dabei hilft dir der Verantwortlichkeitscheck, in dessen Rahmen du dich im Schnelldurchlauf fragst, ob die oben aufgeführten Kriterien gegeben sind. Ist das nicht der Fall, weißt du, dass du nicht verantwortlich bist. Sollte jemand darauf drängen, dir die Verantwortlichkeit zuzuschieben, ist es dein gutes Recht – im Sinne der Gelassenheit und der Selbstfürsorge eigentlich sogar deine Pflicht – „Nein“ zu sagen und klar zu machen, dass du diese Verantwortung nicht tragen musst und wirst.

▸ Nein sagen

Hiermit sind wir direkt beim nächsten wichtigen Punkt: dem Neinsagen. Und zwar ganz ohne schlechtes Gewissen. Erstaunlich viele Menschen haben immense Schwierigkeiten damit, etwas abzulehnen. Dabei ist es kaum möglich, sich gut um sich selbst zu kümmern, wenn man zu allem „Ja und Amen“ sagt. Mache dir bewusst, dass du, wann immer man dich um etwas bittet, die Möglichkeit hast, nein zu sagen. Der innere Drang dazu, immer einzuwilligen und niemandem etwas abzuschlagen, ist erlernt und kann entsprechend verlernt werden. Du wirst feststellen, dass es dir die meisten Menschen nicht übel nehmen, wenn du nein sagst. Und je normaler das Neinsagen für dich wird, desto mehr Gelassenheit kann Einzug halten.

▸ Akzeptanz des Unberechenbaren

Das Leben spielt oft nach seinen eigenen Regeln und es gibt so vieles, das sich nicht vorhersehen und erst recht nicht kontrollieren lässt. Dies musst du akzeptieren. Erst dann kannst du damit aufhören, dir unnötig Gedanken über diese unberechenbaren Dinge zu machen und dich damit einem Stress auszusetzen, der absolut nichts bringt und relativ leicht zu vermeiden ist. Frage dich: Liegt das, worüber ich mir gerade Gedanken mache, in meinen Händen? Lautet die Antwort

„Nein“, solltest du die Gedanken sofort stoppen und in eine neue Richtung lenken. Wege aus dem Gedankenkreis, zum Umlenken hartnäckiger Gedanken und zum Stoppen von Grübeleien werden dir in Kapitel 15 aufgezeigt.

Die Gleichgültigkeitsfrage

Wenn du zu den Menschen gehörst, die sich um alles und jeden viel zu viele Gedanken machen, ist diese Übung besonders wichtig für dich. Wann immer du dich in Gedanken an eine Situation oder einen Menschen wiederfindest, frage dich, was sich ändern würde, wenn du nicht darüber nachdenken würdest. Nichts? Dann stoppe auch diese Gedanken und wende sie einer Sache zu, über die es sich wirklich nachzudenken lohnt.

Autosuggestionen

Das Mindset lässt sich sehr wirkungsvoll durch Autosuggestionen verbessern. Hier kommen zum Beispiel diese Sätze infrage:

- Ich bin gelassen.
- Meine Gedanken sind klar und ruhig.
- Ich befinde mich in einem Zustand innerer Ruhe.
- Ich selbst entscheide, ob ich mich stressen lasse.
- Ich muss nicht mehr tun als ich kann und möchte.
- Ich bin optimistisch.
- Ich beschäftige mich nur mit Dingen, die ich tatsächlich beeinflussen kann.

Meditation der positiven, gelassenen Einstellung

Diese Meditationsübung hilft dir dabei, gelassen und positiv mit einer bestimmten Situation umzugehen. Sie bietet sich mitunter an, wenn...

- ✓ ...eine wichtige Prüfung bevorsteht.
- ✓ ...ein Konflikt absehbar ist.
- ✓ ...die Arbeitssituation dich stresst.
- ✓ ...ein Problem vor dir liegt, das gelöst werden muss.
- ✓ ...etwas Unberechenbares auf dich zukommt.

Wie immer bedienen wir uns eines Beispiels und gehen davon aus, dass du auf eine wichtige Prüfung zusteuerst. Bevor es in die Meditation geht, muss einige Vorarbeit geleistet werden. Du folgst dieser Schritt-für-Schritt-Anleitung:

Schritt 1: Kernthema definieren

Im ersten Schritt entscheidest du dich für das Thema, das du im Rahmen der Meditation bearbeiten möchtest und nennst dieses klar. In unserem Beispiel würdest du also festlegen, dass es um die kommende Prüfung gehen soll.

Schritt 2: Aktuelle Auswirkungen benennen

Dann hältst du dir die Auswirkungen des Kernthemas – hier also der bevorstehenden Prüfung – auf dein aktuelles Level an Gelassenheit vor Augen. Inwiefern wird deine Gelassenheit durch die Situation beeinträchtigt? Mögliche Notizen:

- ✓ Die Prüfung macht mich nervös.
- ✓ Ich muss ständig daran denken.

✓ Ich finde kaum Schlaf.

✓ Ich bin extrem gestresst und mache mir Sorgen.

Schritt 3: Ziel identifizieren und festlegen

Was soll durch die Meditation verändert werden? Bei unserem Beispiel würdest du dir wünschen, weniger nervös zu sein, besser schlafen zu können und dich nicht rund um die Uhr damit beschäftigen zu müssen. Die Ziele wären also:

- Weniger Nervosität
- Besserer Schlaf
- Weniger Gedankenkreisen

Der bessere Schlaf kann im Weiteren vernachlässigt werden, da er als Symptom anzusehen ist, das sich verbessern dürfte, sobald die beiden anderen Punkte erfüllt wurden.

Schritt 4: Einleitung der Meditation

Erst jetzt starten wir mit der eigentlichen Meditation. Ziehe dir, wenn möglich, etwas Bequemes an und suche einen Ort auf, an dem du für mindestens 20 Minuten ungestört sein kannst. Setze oder lege dich komfortabel hin und schleiße die Augen. Lausche deinem Atem, ohne ihn beeinflussen zu wollen, und spüre, wie die Luft in deinen Körper strömt und ihn wieder verlässt. Bleibe gedanklich ganz bei deiner natürlichen Atmung und kehre einfach wieder dazu zurück, falls du abschweifen solltest. Vertiefe deine innere Ruhe nach einigen Minuten, indem du beim Einatmen bis fünf zählst, den Atem dann kurz anhältst und beim Ausatmen bis sieben zählst.

Schritt 5: Meditative Bearbeitung des Kernthemas

Sobald du eine tiefe innere Ruhe erreicht hast, beginnt die Bearbeitung des Kernthemas. Wir widmen uns also getreu unserem Beispiel der bevorstehenden Prüfung. Anstelle des Zählens lenkst du deine Aufmerksamkeit beim Ausatmen nach innen, beim Einatmen zählst du wie gewohnt mit. Nach etwa zehn Atemzügen nimmst du beim Einatmen den Gedanken an die Prüfung hinzu. Du atmest also ein und denkst an die Prüfung, hältst den Atem kurz an und schaust beim Ausatmen, was der Gedanke an die Prüfung in deinem Inneren auslöst. Vermutlich spürst du die Nervosität und vielleicht tendieren deine Gedanken dazu, direkt wieder ins Kreisen zu geraten. Ist Letzteres der Fall, kehrst du sofort wieder zum Zählen zurück und nimmst einige Atemzüge später einen neuen Anlauf. Kannst du wie geschildert ein- und ausatmen, ohne dich in die Thematik hineinzusteigern, ersetzt du den Gedanken an die Prüfung, der bislang beim Einatmen Platz fand, durch ein Mantra, das deiner Nervosität entgegenspricht. Einatmen – „Ich bin trotz Prüfung ruhig“, Halten, Ausatmen – Blick nach innen. Spüre beim Ausatmen, inwiefern das Mantra deine Nervosität verringert. Verzeichnest du einen Erfolg, kannst du entweder direkt zum nächsten Schritt übergehen und es für den Moment gut sein lassen oder mit einem Mantra bezüglich des Gedankenkreisens weitermachen. Du selbst musst fühlen und entscheiden, ob eine weitere Bearbeitung in diesem Moment möglich und sinnvoll ist. Lautet die Antwort „Ja“, wiederholst du den Vorgang, zum Beispiel mit dem Mantra „Ich kann klar denken“.

Schritt 6: Ausleitung der Meditation

Falls du Anfänger auf dem Gebiet der Meditation bist, solltest du dich und deine Aufmerksamkeit nicht überstrapazieren und spätestens nach 20 Minuten in die Ausleitung übergehen. Hierfür kehrst du zum Zählen zurück: Einatmen – eins, zwei, drei, vier, fünf. Halten – eins. Ausatmen – eins, zwei, drei, vier, fünf, sechs, sieben. Nach minimal fünf gezählten Atemzügen verabschiedest du dich vom Zählen und lauschst, wie ganz zu Beginn der Meditation, dem natürlichen Fluss deines Atems. Etwa fünf weitere Atemzüge später öffnest du die Augen und kommst langsam zurück in die Realität.

Schritt 7: Nachbearbeiten

Oft ergibt es Sinn, die Meditation nachzubearbeiten. Dies findet im Idealfall direkt im Anschluss statt. Denke darüber nach, welche Wirkung die Meditation entfalten konnte. Inwiefern ließ sich deine Nervosität lindern? Wie sieht es in Bezug auf das Gedankenkreisen aus? Je nachdem, zu welchem Ergebnis du gelangst, solltest du die Meditation in Kürze wiederholen oder aber andere Maßnahmen – zum Beispiel gezielte Übungen zum Stoppen von Gedankenkreisen (siehe Kapitel 15) – durchführen.

Mega-Mindset-Morgenroutine

Jeder Tag beginnt mit dem Morgen und die Redewendung „mit dem falschen Fuß aufstehen“ existiert nicht ohne Grund. Wenn du dir ein stabiles, gelassenes und optimistisches Mindset für den Tag wünschst, kannst du die Weichen dafür am Morgen stellen. Zu diesem Zweck baust du eine Routine in deinen Alltag ein, die du möglichst direkt nach dem Aufstehen durchläufst und die dich auf die richtige Spur bringt. Die Mega-Mindset-Morgenroutine nimmt etwa zehn Minuten in Anspruch und sieht wie folgt aus:

1. Ein Moment der Ruhe

Die Routine beginnt mit einem Moment der Ruhe. Besinne dich, wie bereits in anderen Übungen geschildert, auf den natürlichen Fluss deines Atems, und nimm dir eine Minute Zeit, um dich auf die Routine einzustimmen.

2. Herausforderungen des Tages

Wandere dann gedanklich durch den bevorstehenden Tag und identifiziere gegebenenfalls Herausforderungen, die auf dich zukommen und potenziell Stress verursachen könnten.

3. Ziele und Maßnahmen

Lege im nächsten Schritt Ziele fest, denen du im Laufe des Tages gerecht werden möchtest. Beispielsweise:

- Meeting gelassen erleben
- Abwasch erledigen
- Stressfrei zu Abend essen

Welche Maßnahmen kannst du ergreifen, um diese Ziele zu erreichen? Bei den eben genannten Beispiel kämen folgende Maßnahmen infrage:

- Vor dem Meeting eine Entspannungsübung (siehe Kapitel 14) machen
- Vorab Zeit für den Abwasch einplanen
- Achtsam zu Abend essen, jeden Bissen genießen und keine kontroversen Themen anschneiden

4. Autosuggestionen

Im Anschluss vertiefst du deine Zielsetzungen mittels Autosuggestionen:

- Ich mache eine Entspannungsübung.
- Das Meeting ist frei von Stress.

- Ich erledige den Abwasch.
- Ich esse gelassen zu Abend.

5. Ein weiterer Moment der Ruhe

Um die Mega-Mindset-Morgenroutine angemessen zu beenden, schenkst du dir wieder einen Moment der Ruhe, in dem du dich nur auf deine natürliche Atmung konzentrierst. Dann bist du bereit, mit einem gut vorbereiteten, gelassenen Mindset in den Tag zu starten.

Damit dieses Prozedere zur Routine wird, solltest du es jeden Tag zur ungefähr gleichen Zeit durchlaufen. Anfangs wirst du vielleicht kaum einen Unterschied bemerken, mit der Zeit wird die Routine jedoch zu einem festen, wertvollen Bestandteil deines Tages werden.

Kapitel 13: Radikale Akzeptanz

In Kapitel 13 widmen wir uns einem extrem spannenden Thema, mit dem sich eigentlich jeder Mensch, der gelassener und stressfreier leben möchte, auseinandersetzen sollte. Die Rede ist von der sogenannten radikalen Akzeptanz. Doch was ist das überhaupt? Wann ist die radikale Akzeptanz von Nutzen und wie kann man sich darin üben? Diese Fragen werden im Folgenden beantwortet.

Was ist radikale Akzeptanz?

Radikale Akzeptanz bedeutet, etwas ohne „Wenn und Aber" zu akzeptieren, sodass nicht weiter darüber nachgedacht, geschweige denn sich darüber geärgert werden muss. Die radikale Akzeptanz ist eine Fähigkeit, die jeder wirklich gelassene Mensch beherrscht und die von jedem erlernt werden kann.

Situationen, die radikale Akzeptanz erfordern

Wenn es um radikale Akzeptanz geht, ist es von essentieller Bedeutung, Situationen richtig einzuschätzen und zu wissen, wann die radikale Akzeptanz hilft und wann sie potenziell schadet. Denn: Radikal zu akzeptieren heißt nicht, sich immer in sein Schicksal zu fügen und niemals die Zügel in die Hand zu nehmen. Diese reinste Form der Akzeptanz kommt dann zum Einsatz, wenn es um Dinge geht, die sich nicht ändern lassen. Das mit Abstand beste Beispiel hierfür ist das Wetter. Denn dieses macht, wie man so schön sagt, gerne was es will und jedem ist klar, dass er keinerlei Einfluss auf das Wetter nehmen kann. Nehmen wir einmal an, du hättest einen ausgedehnten Spaziergang inklusive Picknick mit einigen guten Freunden geplant, auf den du dich schon seit Tagen freust. Am Tag der Tage stehst du auf, siehst aus dem Fenster und musst feststellen, dass es wie aus Kübeln schüttet. Mist, der Ausflug fällt wohl wortwörtlich ins Wasser. Du hast nun zwei Optionen: Zum einen kannst du dich über alle Maße ärgern, den

Tag ab Minute eins als miesen Tag abstempeln und das Wetter in den kommenden Stunden immer wieder verfluchen. In der Folge hast du einen richtig schlechten Tag, bist zutiefst unzufrieden und erlebst den Tag als ärgerlich, verschwendet und furchtbar. Vielleicht denkst du sogar, dass sich die Götter wohl gegen dich verschworen haben. Warum sonst regnet es ausgerechnet heute? Zum anderen kannst du den Regen aber auch als gegeben akzeptieren, einsehen, dass du die Sachlage nicht ändern kannst und verstehen, dass hier niemand etwas gegen dich hat, sondern dass der Regen nun einmal fällt, wenn er fällt. Du kannst deine Freunde anrufen, sie zu dir nach Hause einladen und einen netten Spielenachmittag erleben, frei von Ärger, Frust und schlechter Laune. Einfach deshalb, weil du den Regen radikal akzeptiert hast.

5 Tipps: Radikale Akzeptanz erlernen

Diese Tipps unterstützen dich dabei, die radikale Akzeptanz zu erlernen und zu leben:

#1: Die fehlenden Einflussmöglichkeiten erkennen

Zuallererst musst du lernen, zu erkennen, wann eine Situation sich deines Einflusses entzieht und somit radikal zu akzeptieren ist. Abgesehen vom Wetter, zählen Bahnverspätungen, ein nicht zufriedenstellender Besuch beim Friseur, eine Kostenerhöhung deines Lieblings-Streamingdiensts, ein Stau, ein verbrannter Kuchen und ein platter Reifen zu den typischen Situationen, die prädestiniert für radikale Akzeptanz sind. Um herauszufinden, ob radikales Akzeptieren in einer individuellen Situation angemessen ist, kannst du dir die folgenden Fragen stellen:

- Lässt sich die Situation ändern?
- Kann ich die Situation ändern?

- Wirkt es sich negativ auf mich aus, die Situation als gegeben anzunehmen und radikal zu akzeptieren?

Lauten die Antworten „Nein“, hast du es mit einem klaren Fall zu tun und solltest dich für die radikale Akzeptanz entscheiden. Mache dir klar, dass es nichts – absolut gar nichts – bringt, etwas anders zu tun als die Sachlage radikal zu akzeptieren, und stelle dich den Tatsachen, sodass du die Sache möglichst schnell abhaken kannst und sie dich nicht unnötig belastet und stresst.

#2: Alternative Handlungsoptionen kreieren

Das Wetter liegt nicht in deiner Hand, aber über die Gestaltung des Regentages kannst du selbst entscheiden. Du kannst vielleicht nicht wandern gehen, musst den Tag deshalb aber nicht allein unter der Bettdecke verbringen. Erkenne, dass du alternative Handlungsoptionen hast und lote diese aus. So kannst du dazu beitragen, dass ein regnerischer Tag kein schlechter Tag ist.

#3: Klein übt sich

Radikale Akzeptanz lässt sich am besten im Kleinen üben. Bevor du irgendwann akzeptieren kannst, dass dich dein Geliebter vor dem Altar sitzen gelassen und dein ganzes Geld mitgenommen hat, musst du akzeptieren können, dass die Kaffeemaschine im Büro heute außer Betrieb ist. Erkenne solche kleinen, nicht änderbaren Unannehmlichkeiten als Chance, dich in der radikalen Akzeptanz zu üben.

#4: Who cares?

Dann regnet es eben. Na und, wen interessierts? Gewöhne dir an, eine Mücke nicht zum Elefanten zu machen, indem du die Dinge so siehst, wie sie sind, anstatt sie unnötig aufzubauschen und ein Drama sondergleichen draus zu machen. Sage dir: Wen juckts? Mich nicht – so lange, bis das Gefühl zum Gedanken passt.

#5: Nicht anstecken lassen

Lasse dich nicht von anderen in deiner radikalen Akzeptanz beirren. Der Kollege kann sich noch so sehr über die defekte Kaffeemaschine im Büro aufregen – das bedeutet nicht, dass auch du dich aufregen musst. Akzeptiere radikal, dass andere Menschen diese Fähigkeit (noch) nicht beherrschen und lasse dich nicht von deren wirkungslosem Ärger anstecken.

Kapitel 14: Bewusste Entspannung

Und schon sind wir beim vorletzten Übungskapitel angelangt, das sich mit der bewussten Entspannung beschäftigt. Die Übungen, die in diesem Kapitel auf dich warten, zielen darauf ab, Körper und Geist zu entspannen. Einige davon lassen sich aufwandsarm in den Alltag einbauen, was du unbedingt tun solltest. So wirkst du Disstress entgegen und sorgst dafür, dass du die Erholungsphasen bekommst, die du brauchst.

Progressive Muskelentspannung

Eine der wohl bekanntesten Entspannungsübungen überhaupt ist die progressive Muskelentspannung nach Jacobsen. Sie dient zur Entspannung sämtlicher Teile des Körpers und hat eine beruhigende Wirkung auf den Geist. Im Kern werden dabei nacheinander verschiedene Muskelpartien angespannt und wieder entspannt. Step-by-step funktioniert die Übung wie folgt:

Vorbereitung

Ziehe dir etwas Bequemes an, in dem du dich wohlfühlst. Begib dich dann an einen ruhigen Ort, an dem du mindestens 15 Minuten lang ungestört sein kannst. Mache es dir auf einer Yogamatte oder einem dicken Teppich bequem. Lege dich auf den Rücken, lege die Arme seitlich des Körpers mit nach oben gerichteten Handflächen ab, mache dich im Rücken und Nacken gerade, spreize die Beine leicht und richte den Blick geradeaus nach oben. Schließe die Augen.

Zehen und Füße

Die Wanderung durch deinen Körper beginnt bei den Zehen und Füßen. Spanne diese an, indem du die Zehen nach unten – also zu der Fußsohle hin – krümmst. Atme dabei ein, halte die Spannung kurz und entspanne Füße und Zehen mit dem Ausatmen. Spüre nach: Wie fühlen sich deine Füße an? Sind sie warm oder kalt? Leicht oder schwer?

Waden

Als nächstes sind die Waden an der Reihe. Spanne sie an, indem du den Fuß nach unten durchstreckst, sodass deine Zehenspitzen Richtung Boden zeigen. Atme dabei ein, halte die Spannung für einige Augenblicke und gleite mit dem Ausatmen zurück in die Entspannung. Spüre wieder nach: Welches Gefühl hast du in den Waden? Sind sie leicht oder schwer, kalt oder warm?

Oberschenkel

Weiter geht es mit den Oberschenkeln. Lege deine Arme an den Außenseiten der Oberschenkel an und drücke mit den Schenkeln dagegen, um Spannung aufzubauen. Halten – Loslassen – Nachspüren.

Po

Anschließend wanderst du zu deinem Po. Hebe ihn vom Boden ab und ziehe ihn zur Mitte zusammen, halte die Position kurz und löse sie mit dem Ausatmen. Spüre wieder nach.

Bauch

Dann ist der Bauch an der Reihe. Ziehe den Bauchnabel so weit du kannst in Richtung Boden, halte die Stellung und löse die Spannung mit dem Ausatmen. Nimm dir auch hier einige Sekunden Zeit, um nachzuspüren.

Brust

Um die Brust anzuspannen, atmest du so tief du kannst ein. Halten – mit dem Ausatmen entspannen – Nachspüren.

Rücken

Spanne den Rücken an, indem du das Gewicht auf die Schulterblätter verlagerst und die Wirbelsäule nach oben drückst, sodass sie den Boden nicht mehr berührt. Wieder kurz halten, dann ausatmen und auf die Matte absenken – Nachspüren.

Schultern

Ziehe die Schultern in Richtung deiner Ohren nach oben. Halten – Lösen – Nachspüren.

Oberarme

Überkreuze deine Oberarme vor der Brust und drücke mit dem einen nach unten, mit dem anderen nach oben. Halte die Position, löse sie beim Ausatmen und spüre nach.

Unterarme

Gleichermaßen gehst du bei den Unterarmen vor: Überkreuze sie, drücke mit dem einen Unterarm nach oben, mit dem anderen nach unten, entspanne mit dem Ausatmen und spüre nach.

Hände

Forme die Hände zu Krallen, indem du die Finger Richtung Handinnenfläche krümmst. Halten – Lösen – Nachspüren.

Nacken

Als nächstes kommt der Nacken: Hebe diesen von der Matte ab, halte die Spannung für einen Moment, löse sie mit dem Ausatmen und spüre nach.

Gesicht

Schließlich bist du beim Gesicht angelangt. Verziehe dieses zu einer wilden Grimasse: Kneife die Augen zu, grinse so breit du kannst und rümpfe die Nase. Halte die Grimasse kurz, löse sie beim Ausatmen und spüre, wie sich dein Gesicht danach anfühlt.

Ganzer Körper

Zum Schluss spannst du den gesamten Körper gleichzeitig an, hältst die Spannung für einen Moment, löst sie und spürst nach. Wie fühlt sich dein Körper an? Ist er warm oder kalt, leicht oder schwer? Solltest du Verspannungen bemerken, widmest du dich dem jeweiligen Körperteil nochmals wie beschrieben.

Fantasiereise

Fantasiereisen sind im Hinblick auf die geistige Entspannung Gold wert. Begib dich wieder an einen ruhigen Ort, an dem du mit dir allein sein und die Ruhe genießen kannst. Lege dich bequem hin und durchlaufe diese Szenarien im Geiste:

Ausflug ans Meer

Du steigst aus deinem Auto und findest dich an einem Strand wieder. Unter dir ist weißer Sand, über dir blauer Himmel und vor dir das endlos scheinende Meer. Du atmest die salzige Luft ein und gehst einige Schritte. Die feinen Sandkörner kitzeln deine Fußsohlen, rutschen zwischen deine Zehen und lassen dich wie auf Wolken schweben. Über dir kreist eine Möwe mit weit aufgespannten Flügeln. Du hörst nichts als ihr gleichmäßiges Rufen und das sanfte, rhythmische Rauschen des Meeres. Du gehst weiter und entdeckst eine Muschel im Sand. Sie ist perfekt geformt und du hebst sie auf. Deine Finger gleiten über ihre geriffelte Oberfläche, umfassen sie und werden sich der fragilen Stärke dieses Wunders der Natur bewusst. Du steckst die Muschel in die Tasche deiner Shorts und näherst dich dem Meer. Seine Wellen strömen auf dich zu, nur um sich im nächsten Moment wieder zurückzuziehen. Du wagst dich noch einen Schritt weiter voran. Mit der nächsten Welle schwemmt kühles Wasser über deine Füße und bedeckt sie bis zum Knöchel. Ein Schritt weiter und du stehst bis zu den Knien im angenehm weichen Wasser, das dir eine willkommene Abkühlung verschafft. Du traust dich noch weiter hinein, nimmst all deinen Mut zusammen und tauchst unter. Um dich herum ist nichts als klares Wasser, das dich gastfreundlich in sich aufnimmt und deine Haut streichelt. Als die letzte Luft deine Lungen verlassen hat, tauchst du auf und atmest tief ein. Du spürst dein nasses Haar an deinen Wangen, die Sonnenstrahlen auf deiner feuchten Haut und den leisen Wind, wie er deine Schultern umspielt. Du watest zurück zum Strand, spürst das Gewicht des Wassers gegen deine Beine plätschern, dann den Sand, wie er an deinen nassen Fußsohlen haften bleibt. Du breitest ein flauschiges Handtuch auf, setzt dich und betrachtest das Meer. Seine rhythmischen Wellenbewegungen üben eine zeitlose Faszination auf dich aus und du kannst dir nicht vorstellen, den Blick jemals wieder abzuwenden. Eine tiefe Ruhe ergreift dich, breitet sich ausgehend von deiner Brust aus und verstärkt sich mit jedem Atemzug. Du bist zufrieden, du bist frei, du bist erfüllt von ungezwungener Gelassenheit.

Innere Ruhe im Wald

Du befindest dich auf einem gemütlichen Spaziergang. Die Sonne scheint, vereinzelt ziehen weiße Wölkchen vorbei und in der Ferne ruft ein Käuzchen. Vor dir liegt eine weite, saftig grüne Wiese mit einigen gelben Blümchen und du beschließt, deine Schuhe und Socken auszuziehen. Das feine Gras kitzelt deine Fußsohlen und wogt im sanften Wind hin und her. Du gehst in gleichmäßigen Schritten voran, lässt deinen Blick über die Weiten der Natur schweifen und spürst die angenehm warmen Sonnenstrahlen auf deinen blanken Schultern. Ein Schmetterling flattert vor deinen Augen, seine leichten Flügel bewegen sich mühelos und diese Leichtigkeit geht auf dich über. Du fühlst dich nahezu schwerelos und beschwingt. Vor dir kommt ein dichter Wald aus dunkelgrünen Tannen in Sicht. Schon jetzt kannst du seinen herben, würzigen Duft riechen. Je näher du kommst, desto facettenreicher wird der Geruch: Du riechst weiches Moos, klebriges Harz und süße Baumrinden. Am Waldrand angekommen streckst du deine Hand aus und berührst den straken, jahrzehntelang gewachsenen Stamm eines Baumes. Die raue Rinde schmiegt sich an deine Handfläche und lädt dich dazu ein, näher zu kommen. Du breitest deine Arme aus und umarmst den Stamm. Deine Wange fühlt das strukturierte Holz und eine tiefe, ganz ursprüngliche Ruhe breitet sich in dir aus. Die natürlichen Gerüche beruhigen deinen Geist, die verlässliche Stärke des Stamms schenkt dir Geborgenheit und du fühlst dich geerdet und sicher. Langsam löst du deine Arme, setzt dich ins weiche, wohlriechende Moos und lässt dich auf den Rücken sinken. Du blickst zu den Baumkronen empor, die sich langsam und gemächlich im Wind wiegen, atmest tief durch und kannst all deine Sorgen für diesen einen Moment hinter dir lassen.

Gelassenheit im Farbenrausch

Du bist versunken in deinen Gedanken und musst in diesem Augenblick nirgendwo anders sein. Mit jedem tiefen Atemzug, den du nimmst, wirst du ruhiger und entspannter. Deine Gedanken werden langsamer, verengen sich und kommen schließlich zum Stillstand. Du denkst nicht mehr, denn nichts ist in diesem Moment wichtig. Vor deinem inneren Auge taucht ein leuchtender Punkt auf, der sanftes, warmes Licht bündelt. Noch ist dieser Punkt weit entfernt, doch er kommt zusehends näher und nimmt immer größere Teile deines Blickfelds ein. Das gelbliche Licht ist angenehm und wohltuend. Es schenkt dir Wärme und signalisiert die Erlaubnis, loszulassen, ins Licht einzutauchen und für eine Weile in der erleuchteten Entspannung verloren zu gehen. Du lässt dich fallen, lässt zu, dass das Licht dich umfasst und lässt dich vertrauensvoll in seine wärmenden Arme sinken. Du bist umgeben von diesem unfassbar schönen Licht, das dich willkommen heißt und dir die Sicherheit schenkt, nach der du dich sehnst. Das Licht beginnt sich zu verändern: Langsam, aber sicher wird es von blauen, sich gleichmäßig ausbreitenden Schwaden durchdrungen und mit diesen Schwaden kommt die Ruhe. Es ist eine Ruhe, die so ursprünglich und tief ist, dass sie unweigerlich auf dich abfärbt, in dich dringt und dich durchströmt. Zum beruhigenden Blau gesellt sich ein friedvolles Grün, das sich rundum gut und harmonisch anfühlt. Wenn es auf eine blaue Schwade trifft, ergibt sich ein leuchtendes Türkis, das sich an schillernde Edelsteine erinnert und dir bedingungslose Zufriedenheit vermittelt. Du lässt dich treiben, fügst dich in diesen farbenprächtigen, langsamen Strudel und nimmst doch jede einzelne Schwade wahr. Blau umringt deine Fesseln, grüne Streifen umschlingen deine Waden und räkeln sich nach oben zu deiner Hüfte, wo sie sich mit tiefblauen, schwerelosen Farbwolken vereinen. Du befindest dich inmitten einer Aura aus Gelassenheit, Ruhe und Zufriedenheit. Zeit und Raum haben ihre Bedeutung verloren. Du möchtest einfach ausharren, mitschweben und noch eine Weile länger in diesem wundervollen Rausch der Farben verweilen.

Tiefe Bauchatmung

Die tiefe Bauchatmung ist eine sehr effektive Entspannungsübung, die „last minute“ hilft, wenn der Stress im Anmarsch ist. Lege eine Hand mit der Handfläche zum Körper auf deinen Bauch und richte dich auf, sodass dein Atem frei fließend kann und ein wirklich tiefes Einatmen problemlos möglich ist. Ob du die Übung im Stehen, im Sitzen oder im Liegen machst, bleibt dabei dir überlassen. Konzentriere dich auf deine Atmung und zähle folgendermaßen mit: Einatmen – eins, zwei, drei, vier, fünf. Halten – eins. Ausatmen – eins, zwei, drei, vier, fünf, sechs, sieben. Lenke den Atem beim Einatmen in deinen Bauch und spüre, wie sich dieser unter deiner Hand nach außen wölbt und beim Ausatmen wieder abflacht. Fällt dir das Ausatmen „bis sieben“ leicht, kannst du auch bis acht oder sogar bis neun zählen. Mache mindestens zehn derartige Atemzüge und bleibe mit deiner Aufmerksamkeit bei den Zahlen und der Hand auf deinem Bauch. Nach spätestens sechs Atemzügen solltest du bemerken, wie du ruhiger wirst und dich langsam aber sicher mehr und mehr entspannst. Insbesondere vor per se stressbehafteten Situationen, wie vor einer wichtigen Prüfung oder einer Präsentation, kann dir die tiefe Bauchatmung dabei helfen, dich zu besinnen und zu beruhigen, damit du konzentriert und souverän in die Herausforderung gehen kannst.

Meditation der entspannten Leere

Die Meditation der entspannten Leere ist eine Form der sogenannten transzendentalen Meditation, die gemeinhin als einfach und zeitgleich als extrem effektiv gilt. Suche einen ruhigen Ort auf, an dem du ungestört bist, und nimm dir mindestens 15 Minuten Zeit. Setze oder lege dich bequem hin und folge diesen Schritten:

Schritt 1: Mantra auswählen

Vorab musst du dich für ein Mantra entscheiden. Im Gegensatz zu den meisten Meditationen, die mit einem Mantra arbeiten, ist es hier von immenser Wichtigkeit, dass das gewählte Mantra keinerlei Bedeutung für dich hat. Es sollte ein Wort sein, mit dem du möglichst wenig verbindest, damit sich deine Gedanken leeren können, anstatt immer neue Bilder und Zusammenhänge hervorzubringen. Wäre dein Mantra zum Beispiel „Kartoffel", würdest du dich an den leckeren Kartoffelbrei von letzter Woche erinnern, dich fragen, ob du eigentlich lieber Pommes oder Kroketten isst, und möglicherweise den Anbau von Kartoffeln im eigenen Garten in Erwägung ziehen. Du wärst gedanklich höchst beschäftigt und würdest den Sinn und Zweck dieser Meditation verfehlen. Nimm dir daher einige Minuten Zeit, um ein geeignetes Mantra, das aus nur einem oder aus bis zu fünf Worten bestehen kann, auszusuchen. Einige Beispiele:

- Om
- Fillino
- Gizem
- Kohine
- Detuni
- Respacio
- Azpagine
- Jouteg
- Wirmande

Vielleicht ist dir aufgefallen, dass einige dieser Worte gar keine Bedeutung haben. Sie sind schlicht und ergreifend erfunden, was sie in diesem Fall zum idealen Mantra macht.

Schritt 2: Fokus auf die Atmung

Du hast ein Mantra gefunden? Prima! Dann kannst du die Meditation jetzt einleiten. Schließe deine Augen und lenke deine Aufmerksamkeit auf deinen Atem, ohne diesen zu beeinflussen. Spüre das Hereinströmen der Luft in den Körper und ihr folgendes Herausströmen und komme zur Ruhe.

Schritt 3: Mantra im Rhythmus des Atems

Dann integrierst du das Mantra und sagst dieses im Stillen vor dich hin. Zwischen dem Ein- und dem Ausatmen pausierst du jeweils für eine Sekunde, in der du den Atem kurz anhältst. Einatmen – „Detuni, Detuni, Detuni". Halten. Ausatmen – „Detuni, Detuni, Detuni". Wenn dir auffällt, dass du gedanklich abgeschweift bist, kehrst du einfach wieder zu deinem Mantra zurück. Womöglich fragst du dich gerade, ob es eigentlich noch langweiliger geht. Genau das ist der Punkt: Du langweilst dein Gehirn, indem du ihm immer und immer wieder ein Wort vorsetzt, mit dem es absolut nichts anfangen kann. Vereinfacht gesagt, denkt sich dein Gehirn mit der Zeit: „Hier gibt es nichts für mich zu tun." Es akzeptiert die Tatsache, dass es gerade nicht dazu gebraucht wird, um Gedanken zu fassen und klinkt sich quasi aus. Und genau das ist das Ziel dieser Übung: Die Gedankenleere, die mit einem Entspannungszustand verbunden ist, wie du ihn nicht einmal im Schlaf anhaltend erlebst. Zu Beginn haben die meisten Menschen gewisse Schwierigkeiten mit dieser Übung. Die Gedanken schweifen ständig ab und es gelingt kaum einmal, sie für mehr als zehn Sekunden bei dem Mantra zu halten. Das ist vollkommen in Ordnung. Wichtig ist, dass du deine Aufmerksamkeit sofort zum Mantra zurückführst, wenn dir dein Abschweifen auffällt. Übung macht den Meister und schon nach wenigen Anläufen wirst du eine deutliche Verbesserung feststellen können.

Schritt 4: Ausleitung

Am Anfang musst du dich eventuell damit zufrieden geben, die Übung zu beenden, ohne ein gutes Ergebnis erzielt zu haben. Später beginnst du erst dann mit der Ausleitung, wenn du eine echte gedankliche Leere erzielt hast und eine tiefe Entspannung verspürst. Dann verabschiedest du dich von deinem Mantra, konzentrierst dich für ein, zwei Minuten auf den Fluss deines Atems und öffnest schließlich die Augen, um wieder im Hier und Jetzt anzukommen.

Entspannter Spaziergang

Ob in der Mittagspause, vor dem Frühstück oder nach dem Abendbrot – ein kurzer Spaziergang lässt sich an den meisten Tagen locker einbauen. Schon fünf Minuten reichen aus, um eine Runde um den Block zu gehen. Gehe in einem Tempo, das für dich angenehm ist und bei dem du nicht außer Atem kommst. Konzentriere dich ganz auf deine Füße und auf die Schritte, die sie machen. Spüre das Gefühl, das entsteht, wenn die Sohlen deiner Schuhe auf dem Boden aufkommen, sich abrollen und sich wieder in die Luft erheben. Bleibe gedanklich bei diesen Empfindungen und ganz im aktuellen Moment. Spüre jeden einzelnen Schritt, ohne dabei an den vorhergegangenen oder nächsten zu denken. Der entspannte Spaziergang mit Fokus auf die Schritte beschert dir beispielsweise eine wunderbare Entspannungsphase inmitten des anstrengenden Berufsalltags.

Gemütliches Strecken

Du hast eine Minute Zeit? Wunderbar, dann kannst du diese nutzen, um dich ausgiebig zu strecken und so für etwas mehr körperliche Entspannung zu sorgen. Gerade Menschen, die den größten Teil des Tages in ein und derselben Position verbringen, also beispielsweise am Schreibtisch sitzen und in die Tasten hauen, können von kurzen „Strecksessions“ profitieren. Nimm im Sitzen oder Stehen eine aufrechte Position ein. Stelle dir vor, ein dünnes Seil würden deinen Kopf Richtung Decke ziehen und damit deine gesamte Wirbelsäule aufrichten. Führe diese Streck- und Lockerungsübungen für jeweils zehn bis zwanzig Sekunden aus – je nachdem, wie viel Zeit du opfern kannst.

Kreisende Schultern

Ziehe deine Schultern nach hinten unten, als würden Gewichte an deinen Armen hängen. Dies ist die Ausgangsposition. Lasse deine Schultern von hier aus nach vorne kreisen: Von hinten oben, über oben Richtung Ohren und vorne oben bis zurück zur Ausgangsposition. Nach fünf bis zehn Kreisen wechselst du die Richtung und kreist von nun an nach hinten. Wenn du deinen Geist mit einspannen möchtest, kann du versuchen, in verschiedene Richtungen – also zum Beispiel mit der linken Schulter nach vorn und mit der rechten Schulter nach hinten – zu kreisen.

Rollender Kopf

Diese Übung lockert den Nacken. Lasse deinen Kopf nach vorne sinken, sodass dein Kinn deine Brust berührt. Rolle ihn dann zur rechten Schulter, nach hinten zum Rücken und im Anschluss zur linken Schulter, woraufhin du ihn wieder nach vorne zur Brust sinken lässt. Auch hier führst du nach einigen Durchgängen einen Richtungswechsel durch.

Versteckte Hände

Führe deine Hände hinter dem Rücken zusammen und verschränke sie ineinander. Versuche dann, deine ausgestreckten Arme nach oben in Richtung des Kopfes zu führen.

Äpfel pflücken

Strecke deine Arme nach oben zur Decke hin aus und stelle dir vor, du würdest Äpfel von einem sehr hohen Baum pflücken. Richte dich in der Wirbelsäule so weit wie möglich auf, mache dich groß und greife abwechselnd mit der linken und der rechten Hand nach einem Apfel.

Rücken dehnen

Diese letzte Streckübung ist besonders einfach: Mache einen Katzenbuckel, halte die Position einige Sekunden lang und gehe dann langsam in ein Hohlkreuz über.

Erweitern des Horizonts

Für diese Übung brauchst du ein Fenster, aus dem du blicken kannst, ohne dass die Weite deines Blicks durch Gebäude gestört wird. Setze oder stelle dich vor das Fenster und richte deinen Blick geradeaus. Blicke zunächst ungefähr zehn Meter weit, dann zwanzig, vierzig, sechzig und hundert. Erweitere deine Blickweite Schritt für Schritt, bis du am Horizont angekommen bist. Hier endet die Übung jedoch nicht: Stelle dir nun vor, den Horizont Stück für Stück weiter nach hinten, also von dir weg, zu versetzen. Blicke weiter und weiter über den Horizont hinaus. Die Übung „Erweitern des Horizonts" beschert dir ein Gefühl der Leichtigkeit und Freiheit, das unweigerlich mit Entspannung und dem kurzen Vergessen der Alltagssorgen einhergeht.

Das große Schütteln

Bei dieser Übung dreht sich alles um das Schütteln und somit um das ungezwungene Lockern deiner Körperteile. Beginne mit dem linken Arm und schüttle diesen einige Sekunden lang kräftig. Wechsele dann die Seite und schüttle den rechten Arm. Im Anschluss wackelst du mit dem Po und lässt deine Hüften kreisen, gehst dann weiter zum rechten und schließlich zum linken Bein, die du jeweils mit Schwung schüttelst. Zum Schluss nimmst du alle bisher angesprochenen Körperteile zusammen und schüttelst sie gleichzeitig. Beim Schütteln kannst du dir, wenn du denn möchtest, vorstellen, du würdest Stress und Verspannungen abschütteln.

Entspannende Nackenmassage

Wenn du denkst, dass du eine zweite Person brauchst, um dir eine entspannende Massage zu verpassen, liegst du falsch. Diese Nackenmassage kannst du problemlos im Alleingang genießen. Verwende etwas Öl oder Creme und erwärme das Produkt zwischen deinen Händen. Lege deine Hände dann auf deinen Nacken auf, sodass sich deine Fingerspitzen berühren. Verwende deine Daumen, um seitlich an deinem Nacken empor zu streichen, bis der Daumen an der Seite deiner richtig platzierten Hand anstößt, von wo aus du wieder nach unten streichst. Wiederhole den Vorgang, bevor du dazu übergehst, deine Finger mit leichtem Druck voneinander weg und wieder aufeinander zu zu bewegen. Danach legst du eine Hand in deinen Schoß, denn die andere kann die Massage alleine beenden. Setze deine Finger am Ansatz deines Oberteils an und streiche mit wohltuendem Druck nach oben bis zum Haaransatz, dann wieder nach unten bis zum Kragen deines Oberteils. Wiederhole die beschriebenen Bewegungen ganz nach Belieben. Solltest du lange Haare haben und diese offen tragen, empfiehlt es sich übrigens, sie zu einem Knoten zu binden, damit sie nicht stören.

Entspanntes Loslassen am Fluss

Es gibt einen Fluss in deiner Nähe, den du gelegentlich aufsuchen kannst? Super, denn ohne einen Fluss gestaltet sich diese Übung schwierig. Bastle vorab kleine Papierschiffchen, die du einpackst und mitnimmst. Setze dich ans Flussufer, betrachte das Wasser und konzentriere dich ganz auf dessen stetigen Fluss nach vorn. Höre das leise Plätschern und Rauschen, atme tief ein und aus und lasse die Seele baumeln. Wenn du dich bereit fühlst, holst du deine Papierschiffchen hervor. Überlege, was dich in den letzten Tagen gestresst, geärgert oder traurig gemacht hat. Denke an die jeweilige Situation und das zugehörige Gefühl, setze ein Schiffchen ins Wasser und sieh zu, wie es davontreibt und den Ärger, den Stress oder die Traurigkeit mit sich nimmt. Wiederhole den Vorgang mit weiteren Situationen und Gefühlen und atme zwischendurch immer wieder tief durch, um achtsam zu spüren, wie die Last von dir abfällt.

Eins mit der Natur

Die Natur beruhigt, heilt, gibt Sicherheit und spendet Geborgenheit. Selbst wenn du nicht zu den echten Naturliebhabern gehörst, lohnt es sich, diese Übung auszuprobieren. Gehe in die Natur und entferne dich bewusst von vielbesuchten Wanderwegen oder Parks. Suche einen Ort, zum Beispiel einen Waldrand oder eine Wiese, auf, an dem du ganz für dich allein bist. Ziehe Klamotten an, die dreckig werden dürfen, denn du sollst dich nun rücklings auf die Erde legen, ohne dass dich eine Decke oder eine Matte vom natürlichen Untergrund trennt. Schließe die Augen und konzentriere dich auf deinen Körper. Spüre, wie er auf dem Boden aufliegt, wie deine Schultern, dein Rücken, dein Po, dein Kopf, deine Arme und deine Beine den Untergrund berühren. Atme tief und gleichmäßig ein und aus und versuche, gedanklich ganz bei deinem Körper und dem natürlichen Untergrund zu bleiben. Stelle dir nun vor, wie dein Körper einige Zentimeter nach unten sinkt. Stück für Stück wirst du eins mit der Natur, die dich umgibt, tauchst in sie ein und lässt dich in eine liebevolle Umarmung sinken. Eine zarte erste Wurzel wächst aus deiner linken Schulter und reckt sich tief nach unten in den Boden. Es folgen weitere Wurzeln an deinem Kopf, deinen Armen, deinen Beinen und deiner Hüfte. Sie wachsen, werden länger und dicker und binden dich stärker und stärker an die Natur. Du fühlst dich frei, geborgen und beschützt. Dein Atem geht ruhig, während du noch etwas tiefer in den Boden sinkst. Du spürst jetzt das Laub auf dich fallen, bis schließlich Gras über deinen Körper wächst und du ein fester Teil der Natur geworden bist. Um die Entspannungsübung aufzulösen, stellst du dir vor, wie das Gras wieder verschwindet, wie sich die Wurzeln langsam zurückbilden und du zurück an die Erdoberfläche gehoben wirst. Nimm noch einige tiefe, ruhige Atemzüge und öffne dann die Augen.

Vorbeiziehende Wolken

Diese letzte Entspannungsübung solltest du bei gutem Wetter machen. Es sollte trocken sein, dennoch dürfen einige Wolken am Himmel nicht fehlen. Vorteilhaft ist zudem ein leiser Wind, der die Wolken vorantreibt. Lege dich draußen – bestenfalls an einem ruhigen, verlassenen Ort – auf den Rücken und Blicke in den Himmel hinauf. Beobachte die Wolken, registriere ihre einzigartigen Formen und lasse sie an dir vorbeiziehen. Überlege dir, welche anstehenden Ereignisse der Zukunft dir Angst machen, dich in Stress versetzen, dir Anspannung bescheren oder dich traurig stimmen. Packe nun ein solches Zukunftsereignis in eine Wolke und betrachte, wie diese das „Päckchen" davonträgt. Verfolge die Wolke mit deinen Augen, bis sie aus deinem

Blickfeld verschwunden ist, und nimm dabei Moment für Moment Abschied von den jeweiligen belastenden Gefühlen. Je nachdem, wie viel Ballast du loswerden möchtest, kann diese Übung gut und gerne zwei Stunden und mehr dauern. Du solltest sie also durchführen, wenn du keinen Zeitdruck hast und dir gegebenenfalls etwas zu trinken und eine weiche Unterlage mitnehmen, damit du es dir richtig gemütlich machen kannst.

Kapitel 15: Grübeln stoppen - Wege aus dem Gedankenkreis

Womöglich fragst du dich, warum in Kapitel 7 – also bei der Vorstellung der Komponenten der Gelassenheit – nicht über das Grübeln und das Entkommen aus einem Gedankenkreis gesprochen wurde. Das hat den Hintergrund, dass es durchaus viele Menschen gibt, die keinerlei Probleme mit dieser Thematik haben. Dieses Kapitel ist also eine Art Zusatzinformation, die du dir nur anzusehen brauchst, wenn du persönlich häufiger mit Grübeln und Gedankenkreisen zu kämpfen hast. Im Folgenden erfährst du, wie es dir gelingt, grübelnde und kreisende Gedanken zu erkennen und wie du es schaffst, den belastenden Kreislauf zu durchbrechen und die Grübelei zu beenden.

Anzeichen für Grübeln und Gedankenkreisen

Gegen grüblerische Gedanken kann nur vorgegangen werden, wenn man sie erkennt. Diese Eigenschaften bringen kreisende Gedanken und Grübeleien normalerweise mit sich:

Die Gedanken sind nicht zielführend

Kreisende Gedanken haben es an sich, niemals zu einem Ergebnis zu kommen. Es handelt sich also nicht um produktive Gedankenstränge, sondern um Gedanken, die zwar sehr präsent, aber absolut nicht zielführend sind. Man dreht sich quasi immer wieder im Kreis, ohne jemals einen Ausweg oder eine Lösung zu produzieren. Das ist auch einer der Gründe, aus denen Gedankenkreisen und Grübeln als lästig empfunden werden. Schließlich kann ein Nachdenken nicht befriedigend sein, wenn es zu keinerlei Resultat führt.

▸ Die Gedanken wiederholen sich

Beim Grübeln wiederholen sich ein und dieselben Gedanken immer und immer wieder. Man wärmt die Suppe also sprichwörtlich laufend wieder auf, ohne sie zu essen oder ihre Zutaten zu verändern.

▸ Die Gedanken sind belastend und vorwiegend negativ

Meist sind grüblerische Gedanken eher negativ und wirken sich äußerst belastend auf den Betroffenen aus. Wenn man einfach nicht aus dem Gedankenkreis herauskommt, kann es schon einmal passieren, dass man das Gefühl bekommt, langsam aber sicher verrückt zu werden und durchzudrehen. Manchmal sind die Gedanken so stark, dass sie Schlafprobleme verursachen, weil man selbst nach Stunden des Grübelns nicht abschalten kann.

▸ Du kannst an nichts anderes Denken

Oftmals beherrscht das Thema, um das sich die Gedanken drehen, den kompletten Alltag. Man kann tatsächlich an nichts anderes mehr denken, ganz egal, wie sehr man sich dies auch wünscht.

▸ Die Gedanken kehren immer wieder zurück

Selbst wenn man – zum Beispiel durch eine anspruchsvolle Aufgabe im Job – für einige Stunden abgelenkt ist, kehren die grüblerischen Gedanke spätestens dann zurück, wenn es wieder ruhiger um einen wird.

▸ Die Gedanken drücken auf deine Stimmung

Die meisten Menschen empfinden das Gedankenkreisen als anstrengende, bedrückende Last, die selbst die beste Laune im Keim erstickt und in eine gedrückte, zum Negativen tendierende Stimmung verwandelt. Nicht umsonst gehört das häufige Grübeln zu einem klassischen Symptom von Depressionen.

Praktische Übungen: 5 Wege aus dem Gedankenkreis

Das Erkennen des Grübelns ist nur der erste Schritt und nützt dem Betroffenen an und für sich nicht viel. Er muss wissen, wie er dem entgegenwirken kann, um eine wirkliche Verbesserung und Erleichterung erzielen zu können. Glücklicherweise gibt es eine Vielzahl verschiedener Ansätze und Methoden, mit denen man Gedankenkreise durchbrechen und das Grübeln stoppen kann. Die schlechte Nachricht: Nur bei sehr wenigen Menschen funktionieren diese Übungen auf Anhieb. Es bedarf einiger Übung und einer guten Portion Durchhaltevermögen, um in dieser Sache erfolgreich zu sein. Da der Leidensdruck aber zumeist groß ist und mit jedem Tag und jeder wachgelegenen Nacht größer wird, sind Betroffene in aller Regel bereit, Mühe und Kraft zu investieren, um voranzukommen. Nachfolgend werden fünf Wege aus dem Gedankenkreis aufgezeigt, die du unbedingt allesamt ausprobieren solltest. Du wirst feststellen, dass die eine Übung dir persönlich mehr bringt als die andere, was ganz normal ist. Teste alles, finde heraus, was bei dir besonders gut funktioniert, und sammle so mindestens zwei bis drei „Skills", die dir zuverlässig helfen, wenn du mal wieder ins Grübeln gerätst.

Gedankenstopp

Der Gedankenstopp ist weit verbreitet und scheint auf den ersten Blick fast zu einfach zu sein, um funktionieren zu können. Viele Betroffene machen jedoch gute Erfahrungen damit und bestätigen, dass es sich lohnt, dranzubleiben und sich durchzubeißen. Wenn du dich inmitten einer Grübel-Attacke wiederfindest, schreist du laut „Stopp", stampfst mit einem Fuß auf den Boden und streckst deine Hände energisch mit den Handfläche nach vorn aus. Das kreiert einen kurzen Moment der Gedankenstille, den du nutzen kannst, um deine Gedanken gezielt in eine neue Richtung zu lenken. Im Idealfall hast du bereits Themen parat, mit denen du dich stattdessen befassen möchtest, was auch für alle weiteren Methoden gilt. Es empfiehlt sich, eine Liste mit anspruchsvollen Themen und Tätigkeiten zu erstellen, zu denen du sofort nach dem Gedankenstopp oder einer anderen Technik übergehen kannst.

Aussteigen

Stelle dir den Gedankenkreis, den du immer und immer wieder durchläufst, als einen Kreisverkehr vor. Rufe dir diesen bildlich vor Augen und nimm die nächste Ausfahrt. Mache einen großen Schritt zur Seite und gehe einfach einige Schritte in hohem Tempo davon. Das klingt skurril, kann aber tatsächlich funktionieren und schenkt dir wieder einen Augenblick der gedanklichen Leere, der das Potenzial besitzt, als Startpunkt für ein neues Thema genutzt zu werden.

Richtungswechsel

Was sich zunächst seltsam anhört, kann überaus effektiv sein: Frage dich, in welche Richtung deine Gedanken kreisen. Erstaunlicherweise haben viele Betroffene eine direkte Antwort darauf. Stehe auf und gehe einen Kreis in die entgegengesetzte Richtung.

Türsteher

Viel zu oft geben wir unseren Gedanken viel mehr Macht, als sie eigentlich besitzen. Versetze dich in die Rolle eines Türstehers, der entscheidet, welche Gedanken hereingelassen werden und welche draußen bleiben müssen. Wenn die Grübel-Attacke erst im Anmarsch ist, kannst du ihr direkt den Einlass verwehren. Stelle dich aufrecht hin, mache dich so breit wie möglich und weise den Anfangsgedanken der Grübel-Attacke entschieden ab. Sollte die Grübelei bereits in vollem Gange sein, gehst du als Türsteher dazwischen, als würden sich gerade fünf Halbstarke um einen Joint prügeln. Packe die Grübel-Attacke unsanft im Genick und werfe sie hinaus. Unterstützend kann hierbei ein besonders hässliches Kuscheltier wirken, das du dir eigens zu diesem Zweck anschaffst und aus dem Raum pfeffern kannst.

Ausraster

Deine Gedanken kreisen seit einigen Stunden und du hast das Gefühl, wahnsinnig zu werden? Dann ist es vielleicht an der Zeit, einfach richtig auszurasten und alles raus zu lassen. Schüttle dich, hüpfe, stampfe, schreie, brülle und schlage ein Kissen. Tobe dich so richtig aus und trage deinen Unmut nach außen. Du kannst dich darauf verlassen, dass deine kreisenden Gedanken auf diese Weise verwirrt werden und einen Moment innehalten, in dem du eine neue Richtung einschlagen kannst.

All diese Übungen verschaffen dir zu Beginn vermutlich nur ein bis fünf Sekunden Ruhe. Je öfter du sie durchführst, desto mehr wird sich dieser Zeitraum allerdings ausdehnen. Bleibe konsequent und geduldig und verbanne die grüblerischen Gedanken sofort wieder, sobald sie zurückkommen. Das ist zweifelsohne nervenaufreibend, zahlt sich auf lange Sicht aber aus.

Methoden kombinieren für maximalen Erfolg

Wenn du herausgefunden hast, welche der Methoden bei dir gut funktionieren, kannst du einen Schritt weiter gehen und zwei oder drei Methoden kombinieren, um dem Grübeln den Garaus zu machen. Du könntest beispielsweise erst den Gedankenstopp anwenden, dann die Richtung wechseln und schließlich aussteigen. Oder aber du steigst zuerst aus, wirst dann als Türsteher tätig und gehst zum Abschluss in die entgegengesetzte Richtung. Probiere verschiedene Kombinationen aus, um ein bis drei Kombis zu finden, die dich zuverlässig aus der Grübelei befördern.

Beispiele für alternative Themen und Tätigkeiten

Bei der ersten geschilderten Methode – dem Gedankenstopp – wurde angesprochen, dass die Aufmerksamkeit prompt in eine neue Richtung gelenkt werden sollte. Das ist leichter gesagt als getan – vor allem dann, wenn man gar nicht so genau weiß, was man stattdessen denken oder tun soll. Es bietet sich folglich an, Listen zu erstellen und Ideen zu sammeln, sodass man im jeweiligen Moment darauf zurückgreifen kann. Denn: Wenn man erst überlegen muss, schleichen sich die hartnäckigen grüblerischen Gedanken möglicherweise schneller ein und kommen einem zuvor. Um dieses Kapitel würdig abzuschließen, findest du nachfolgend Inspirationen und Vorschläge für mögliche alternative Themen und Tätigkeiten:

Alternative Themen zum Nachdenken

- ✓ Was möchtest du deiner besten Freundin/Mutter/Partnerin zum Geburtstag schenken?
- ✓ Wie könntest du es schaffen, mehr Entspannungsübungen in deinem Alltag unterzubringen?
- ✓ Was könntest du morgen kochen?
- ✓ Welchen großen Wunsch möchtest du dir eines Tages erfüllen?
- ✓ Welchen Komponenten der Gelassenheit musst du besonders viel Aufmerksamkeit und Zeit widmen, um voranzukommen?
- ✓ Was müsste sich ändern, damit du noch glücklicher und zufriedener wärst?
- ✓ Was kannst du persönlich tun, um klimaneutraler und umweltfreundlicher zu leben?

- ✓ Welcher ist der beste Witz, den du jemals gehört hast?
- ✓ Was würdest du anders machen, wenn du der Hauptcharakter in deinem Lieblingsfilm wärst?
- ✓ Wenn du ein Buch schreiben wolltest, worum würde es sich darin handeln?

Alternative Tätigkeiten

- ✓ Wäsche achtsam zusammenlegen (Textur der Kleidung fühlen, Farben und Muster sehen, Duft riechen)
- ✓ Tagebuch führen
- ✓ Lieblingsserie schauen
- ✓ Zum Lieblingssong abtanzen
- ✓ Achtsam kochen (Aussehen, Textur, Geruch und Geschmack der Zutaten, Geräusche und Gerüche beim Braten/Garen/Kochen)
- ✓ Freundin anrufen und aufmerksam zuhören
- ✓ Puzzeln
- ✓ Zeichnen
- ✓ Über ein bestimmtes Thema informieren (z.B. Klimawandel, Polizeigewalt, Massentierhaltung)
- ✓ Kleiderschrank ausmisten
- ✓ Entspannungsübungen machen (siehe Kapitel 14)
- ✓ Komponenten der Gelassenheit trainieren
- ✓ Meditieren

✓ Sport machen

✓ Mitreißenden Film ansehen

✓ Spannenden Roman lesen

Kapitel 16: Häufige Probleme und ihre Lösungen

Gelassener zu werden geht nicht jedem leicht von der Hand. Es gibt zahlreiche Probleme, die den Weg zum Ziel schwieriger machen können und einige Stolpersteine, um die herum zu manövrieren alles andere als leicht ist. In diesem Kapitel befassen wir uns mit den häufigsten dieser Probleme und finden dazu passende Lösungen.

Ich habe Schwierigkeiten, Zeit für die Übungen zu finden

Wer Probleme damit hat, die Übungen in seinen Alltag zu integrieren, sollte eine Stufe zurückschalten und sich für jedes Übungskapitel zwei oder drei Wochen Zeit nehmen. Es ist schließlich nicht wichtig, wie schnell du gehst, sondern nur, dass du überhaupt vorangehst. Versuche, täglich mindestens 15 Minuten in die Übungen zu investieren und plane deinen Tag so, dass dies nicht zur Komplikation wird. Letztendlich musst du natürlich selbst entscheiden, ob und inwiefern es dir möglich ist, dich im Alltag in der Gelassenheit zu üben. Doch wo ein Wille ist, da ist bekanntlich auch ein Weg. Schaffe Raum für kurze Übungseinheiten und akzeptiere Tage, an denen es dir nicht gelingt, diese einzubauen. Tue ganz einfach dein Bestes – mehr ist schlicht und ergreifend nicht möglich.

Meine Mitbewohner/Partner/Familie machen sich über mein Bestreben, gelassener zu werden, lustig

In deinem Leben wirst du immer wieder Menschen begegnen, die dein Bestreben, gelassener zu werden, nicht verstehen. Nicht jeder hat sich mit dem Thema der Gelassenheit auseinandergesetzt und nicht jeder ist offen dafür. Fokussiere dich auf deinen persönlichen Fortschritt und versuche erst gar nicht, andere davon zu überzeugen, dass dein Weg der richtige ist. Übe dich in Selbstsicherheit und radikaler Akzeptanz und ärgere dich nicht über „Hater“, die dir Steine in den Weg legen wollen. Falls es eine Person gibt, die dir ausnahmslos

„bad vibes“ beschert, solltest du in Erwägung ziehen, diese Person aus deinem Leben zu entfernen. Das klingt hart, kann sich für dich aber zu einer echten Erleichterung auswachsen. Dennoch ist es an und für sich nicht nötig, jeden Menschen, der deine Bemühungen ins Lächerliche zieht, aus deinem Leben zu verbannen. Vielmehr kannst du es als wichtige Lektion ansehen, darüber zu stehen und deinen Weg nichtsdestotrotz weiter zu verfolgen.

Ich werde schnell wütend und verliere meine Motivation, wenn etwas nicht sofort klappt

In diesem Fall solltest du dich eingehend mit Kapitel 8 auseinandersetzen. Ein fester Wille kann trainiert und auch dann etabliert werden, wenn du zu den Menschen zählst, die sich eher leicht und schnell demotivieren lassen. Bleibe achtsam, registriere deine Wut und deine Enttäuschung und bemühe dich, diese hinter dir zu lassen, ohne sie zu ignorieren. Das ist eine echte Challenge für dich, an der du allerdings beträchtlich wachsen kannst.

Ich habe viel zu viel Stress im Job, um gelassener zu werden

Diese Aussage ist einfach falsch. Kein Mensch hat zu viel Stress, um gelassener zu werden. Vielmehr wächst mit steigendem Stress im Alltag die Notwendigkeit, sich in der Gelassenheit zu üben. Akzeptiere deinen Stress vorerst als gegeben, füge dich aber nicht in dein Schicksal, sondern versuche, etwas zum Besseren – also zum Gelasseneren – zu verändern. Nutze freie Minuten, um die Übungen aus diesem Buch durchzuführen, und mache dir bewusst, dass dein Wille stärker ist als der Stress.

Ich bin mir unsicher, ob ich die Übungen richtig ausführe

Wenn sich eine Übung irgendwie falsch und schlecht anfühlt, solltest du einen Schritt zurück machen und dir die Anleitung genauer durchlesen. Es kann durchaus sein, dass einige Übungen einfach nicht zu dir passen und dich nicht weiterbringen. Schließlich ist jeder Mensch anders und nicht jede Übung hat bei jedem denselben Effekt. Probiere alles aus, sei aber nicht verärgert, wenn eine Übung nicht zu dir passt. Akzeptiere diese Tatsache radikal (siehe Kapitel 13) und konzentriere dich vermehrt auf die Übungen, die bei dir funktionieren.

Wenn ich schon voll im Stress bin, brauche ich lange, um wieder ruhig zu werden

Aus extremem Stress zurück in die Gelassenheit zu finden ist alles andere als leicht. Durch die Lektüre dieses Buches und das Durchführen der beschriebenen Übungen bist du jedoch in der Lage dazu, genau das zu tun. Wenn du dich in akutem Stress wiederfindest, solltest du deine erarbeiteten Kompetenzen nutzen und zum Beispiel schnell wirkende Entspannungsübungen – wie die tiefe Bauchatmung – in Angriff nehmen. Es gilt, den akuten Stress, der schon vorhanden ist, radikal zu akzeptieren und Maßnahmen zu ergreifen, um diesen möglichst schnell zu reduzieren.

Ich komme mir bei vielen der Übungen blöd vor

Damit bist du nicht allein. Viele Übungen, die in diesem Buch dargestellt und empfohlen werden, sind alles andere als konventionell. Es ist also mehr oder weniger normal, dass du dir dezent blöd vorkommst. Gar nicht blöd ist hingegen das Ergebnis, das mit den Übungen erzielt werden kann. Es liegt im Endeffekt bei dir, ob du dich langfristig darauf einlassen und über deinen Schatten springen kannst oder ob du lieber den Kopf in den Sand steckst. Spätestens dann, wenn du echte Fortschritte machst, wirst du feststellen, dass die Übungen vielleicht seltsam wirken, aber auf jeden Fall ihre Daseinsberechtigung haben und ihren Zweck erfüllen.

Kapitel 17: Gelassenheit bei Kindern fördern

Als Elternteil lastet eine schwere Verantwortung auf deinen Schultern. Du bist befähigt dazu, die Weichen für das künftige Leben deines Kindes zu stellen und es zu einem verantwortungsbewussten, zufriedenen und glücklichen Menschen zu erziehen. Ab einem gewissen Alter und Grad der Unabhängigkeit liegt das Glück deines Kindes selbstverständlich nicht mehr in deiner Hand. Wenn du allerdings Elternteil eines Kindes unter 18 bist, hast du (noch) die Möglichkeit, Einfluss zu nehmen und dein Kind zu prägen. Im Idealfall bist du dir dieser Tatsache schon bewusst, wenn dein Kind im Kleinkindalter ist. Du möchtest deinem Kind Gelassenheit mit auf den Weg geben und ihm beibringen, gelassen zu leben? Dann findest du in diesem Kapitel Tipps, Tricks und Hinweise, mit deren Hilfe du dies umsetzen kannst.

Kind beobachten und einschätzen

Jedes Kind ist ein Individuum. Es bringt seine eigenen Stärken, Haltungen, Schwächen, Ängste und Bedürfnisse mit sich. Es ist entsprechend unerlässlich, diese Individualität anzuerkennen und jedes Kind als einzigartige Person wertzuschätzen. In Bezug auf die Gelassenheit lässt sich durch intensives Beobachten des Kindes erkennen, wie stressresistent oder stressempfindlich es ist. Achte zum Beispiel darauf:

- Wie leicht oder schwer fällt deinem Kind die Interaktion mit Gleichaltrigen?
- Wie leicht oder schwer fällt deinem Kind die Interaktion mit Erwachsenen?
- Verhält sich dein Kind eher mutig oder zurückhaltend, wenn es mit neuen Situationen konfrontiert wird?
- Fremdelt dein Kind?
- Kennt dein Kind zu viele oder zu wenig Grenzen?

- Probiert dein Kind sich und seine Fähigkeiten aus, ohne dazu ermutigt zu werden?
- Klammert dein Kind?
- Weint dein Kind oft?
- Lässt sich dein Kind leicht verunsichern?
- Sucht dein Kind aktiv nach Bestätigung?
- Schläft dein Kind ruhig durch?

Diese und weitere Aspekte zeichnen dir im Gesamten ein Bild davon, wie gelassen dein Kind bereits ist. Wichtig: Niedrige Gelassenheit ist per se nichts Schlechtes. Sei also nicht enttäuscht oder über alle Maße besorgt, wenn dein Kind bislang wenig gelassen ist. Zum Teil kann sich dies „verwachsen", also mit dem Älterwerden von allein ausgleichen, zum Teil hast du als Elternteil aber auch die Möglichkeit, deinem Kind die gelassene Lebensweise zu näher zu bringen.

Stressoren erkennen und reduzieren

Aus Kapitel 10 weißt du, wie du Stressoren bei dir selbst erkennen und reduzieren kannst. Dein Kind ist womöglich noch zu jung, um dasselbe für sich selbst tun zu können. Hier springst du ein: Beobachte dein Kind genau und finde heraus, was es in Stress versetzt. Je nach Alter des Kindes, könnt ihr dann gemeinsam Maßnahmen entwickeln, um dem Stress entgegenzuwirken, Stressoren zu eliminieren oder das Stressgefühl abzuschwächen. Seid ruhig kreativ, probiert verschiedenes aus und nehmt euch alle Zeit der Welt, um euren eigenen Weg zu mehr Gelassenheit zu finden.

Bedingungslose Liebe als A und O

Ein Kind, das sich nicht sicher, geliebt und unterstützt fühlt, wird kaum gelassen agieren können. Die bedingungslose Liebe, die du deinem Sprössling entgegenbringen kannst, ist mit das wertvollste, das du ihm überhaupt zuteilwerden lassen kannst. Bedingungslos zu lieben, bedeutet, dein Kind in deinem Herzen zu tragen, ihm Zuwen dung zu schenken und es zu lieben, ganz egal was es tut, denkt oder fühlt. Du hast die Chance, der feste Anker und der sichere Hafen für dein Kind zu sein und ihm somit die Möglichkeit zu geben, Selbstsicherheit, Selbstvertrauen, Akzeptanz und letztendlich Gelassenheit zu entwickeln. Zeige deinem Kind immer wieder, dass du es liebst, für es da bist und dass es sich auf dich verlassen kann – ganz egal unter welchen Umständen.

Übungen etablieren

Viele der Entspannungsübungen aus Kapitel 14 sowie der Übungen für mehr Selbstsicherheit, Achtsamkeit und für eine positiven Einstellung aus den vorigen Kapiteln können auch für Kinder von Nutzen sein. Als Elternteil kennst du dein Kind am besten und kannst einschätzen, welche der Übungen geeignet sind und welche gegebenenfalls altersgerecht abgewandelt werden müssen. Grundsätzlich ist es nie zu früh, deinem Kind die Komponenten der Gelassenheit näher zu bringen. Beginne damit, eine einzelne Übung täglich einzubauen und füge weitere hinzu. Sorge dafür, dass Übungen, die die Gelassenheit fordern, zum festen Bestandteil eures gemeinsamen Alltags werden und bewahre dir dabei stets einen feinen Blick auf dein Kind, dessen Zustand, dessen Kapazitäten und dessen Bedürfnisse.

Mit gutem Beispiel vorangehen

Kinder nehmen sich ihre Eltern automatisch als Vorbild. Deshalb ist es von unschätzbarer Wichtigkeit, dass du mit gutem Beispiel vorangehst. Das gilt auch für die gelassene Lebensweise. Übe dich selbst in Gelassenheit und werde gelassener, um deinem Kind ein gelassenes Leben vorleben zu können.

Kapitel 18: Fragen und Antworten

Wir sind beim letzten Kapitel dieses Buches angelangt und befassen uns nun mit einigen Fragen, die sich Anfänger und Fortgeschrittene auf dem Gebiet des gelassenen Lebens besonders häufig stellen und die entsprechend auch für dich von Bedeutung sein können.

Wirkt sich die Ernährung auf die Gelassenheit aus?

Die Ernährung hat einen bedingten Einfluss auf die Gelassenheit. Hier ist vor allem auf eine ausreichende Versorgung mit Nährstoffen zu achten, die das Nervensystem stärken. Dazu zählen zuallererst die B-Vitamine Thiamin (B2), Niacin (B3), Pantothensäure (B5), Pyridoxin (B6) und Cobalamin (B12) sowie Folsäure und Biotin, aber auch Mineralstoffe, insbesondere Magnesium.

Gibt es Supplemente, die die Gelassenheit fördern?

Grundsätzlich ist es problemlos möglich, die Gelassenheit zu steigern, ohne hierfür Supplemente zu nehmen. Diese sind aber auch nicht kategorisch zu verteufeln und können nützlich sein, wenn zum Beispiel ein Mangel an Magnesium und/oder B-Vitaminen vorliegt. Zudem gibt es Präparate mit natürlichen Inhaltsstoffen wie Lavendel, Hanf oder Johanniskraut, die beruhigend wirken und dabei helfen können, gelassener durch schwierige Situationen zu kommen oder leichter einzuschlafen. Diese sollten allerdings punktuell eingesetzt und nicht als heiliger Gral betrachtet, sondern – wenn überhaupt – ergänzend zu praktischem Gelassenheitstraining eingenommen werden. Da es gegebenenfalls zu Wechselwirkungen mit Medikamenten und anderen Präparaten kommen kann und sich nicht jedes Supplement für jeden Menschen eignet, ist es ratsam, die Einnahme vorab mit dem behandelnden Arzt zu besprechen.

Wie lange dauert es, die Gelassenheit zu perfektionieren?

Perfektion sollte nicht das Ziel sein. Wer danach strebt, perfekt zu sein, setzt sich selbst einem Druck aus, der sich zwangsläufig kontraproduktiv auswirkt und den persönlichen Fortschritt behindert. Wie lange es dauert, Fortschritte zu erzielen, hängt immer vom individuellen Einzelfall und der Zeit ab, die man in die Übungen investiert. Generell kannst du davon ausgehen, bei täglichem Training binnen zwei bis vier Wochen erste Fortschritte zu erkennen.

Wie beeinflussen Tiere die Gelassenheit?

Der Umgang mit Tieren kann sich tatsächlich positiv auf die Gelassenheit, die innere Ruhe und die Achtsamkeit in Bezug auf die eigenen Gefühle, Gedanken und Handlungen auswirken. Tierliebhaber und Haustierbesitzer wissen, wovon hier die Rede ist: In Gegenwart eines Hundes, der sich an einen kuschelt, ruhig atmet und Streicheleinheiten genießt, entspannt man sich sofort. Hunde und Katzen spüren, wenn ihr Herrchen aufgebracht, traurig oder verletzt ist, und werden in aller Regel dessen Nähe suchen. Am wohl wertvollsten ist in dieser Hinsicht jedoch der Umgang mit Pferden. Diese sensiblen Wesen spiegeln das Innenleben und das Verhalten des Menschen, mit dem sie es zu tun haben, sehr fein und präzise wider. Pferde können den Herzschlag des Menschen hören und bemerken so augenblicklich Veränderungen in dessen Gemütslage. Es ist unmöglich, die eigene Unsicherheit oder Nervosität vor einem Pferd zu verstecken. Da Pferde Fluchttiere sind, in deren System die Kompetenzen des Leittiers (unter anderem Ruhe und Ausgeglichenheit, emotionale Stabilität, gleichbleibende Handlungsmuster und Vermittlung von Sicherheit) über Leben und Sterben entscheiden und es überlebenswichtig ist, die Intentionen anderer Lebewesen deuten zu können, reagieren sie auf die Unsicherheit des Menschen mit Nervosität, Angst und einer fehlenden Bereitschaft, sich dem Menschen anzuschließen. Denn ein gutes Leittier ist nicht unsicher. Und vor allem ist es in seiner Ruhe und Selbstsicherheit authentisch – zu 100 % -, weshalb eine aufgesetzte ruhige Miene schnell durchschaut wird. Nicht umsonst werden

Pferde oftmals im Zuge der Verhaltenstherapie eingesetzt: Sie unterstützen uns dabei, ruhig zu bleiben, unsere Selbstsicherheit authentisch nach außen zu tragen und vollkommen klar zu handeln, was ein ebenso klares Denken und Fühlen voraussetzt.

Ist Gelassenheit eine Führungskompetenz?

Unbedingt. Zwar sind längst nicht alle Menschen in Führungspositionen gelassen, die die es sind, profitieren aber davon. Ein Chef, der cholerisch auf Kritik oder Missgeschicke seiner Mitarbeiter reagiert, nicht selbstsicher genug ist, um zu seinen eigenen Fehlern zu stehen und beim Hauch einer sich andeutenden Krise in akuten Stress verfällt, ist eindeutig nicht in der Lage dazu, seine Aufgabe bestmöglich zu erfüllen. Deshalb ist die Gelassenheit zweifelsohne als wichtige Führungskompetenz einzustufen.

Gibt es Kurse und Workshops zum Thema Gelassenheit?

Die gibt es. Online findest du eine Menge solcher Angebote, darunter Online-Workshops und Präsenzkurse, die in deiner Nähe stattfinden. Doch nicht alle dieser Coachings sind durch die Bank zu empfehlen. Aus diesem Grund solltest du nicht den erstbesten Kurs buchen, sondern dich konkret mit den jeweiligen Inhalten und der dahinterstehenden Philosophie auseinandersetzen. Vergleiche die Angebote und finde einen Kurs, der wirklich zu dir und deinen Zielen in Bezug auf die Gelassenheit passt.

Schlusswort

Beginne nun damit gelassener durch den Alltag zu gehen. Lasse dich durch nichts und niemanden aus der Ruhe bringen. Dadurch wirst du eine ganz neue Lebensweise kennenlernen und jede Lebenslage anders wahrnehmen. Dementsprechend starte lieber früher als später damit Gelassenheit zu lernen.

Wenn dir dieses Buch gefallen und geholfen hat, dann würde ich mich sehr über dein Feedback freuen. So kannst du anderen Menschen ebenfalls dabei helfen, dass sie die Gelassenheit für sich entdecken.

Gehe dazu auf

www.amazon.de/ryp

und hinterlasse eine Rezension - du kannst das in 2 Minuten erledigen und hilfst mir und anderen zukünftigen Gelassenen dadurch enorm weiter.

Viel Spaß und viel Erfolg

Paula Weinbach

Weitere Werke von KR Publishing

Best of ALLGEMEIN-WISSEN

- Frederik Holm -

In diesem Buch erfährst du:

- ✓ Warum Allgemeinwissen so wichtig ist.
- ✓ Wie du Allgemeinwissen am besten und leichtesten lernen und behalten kannst.
- ✓ Umfassendes Allgemeinwissen zu 16 verschiedenen Themen.

Und noch Vieles mehr!

EINSERKANDIDAT
Stressfrei zur Bestnote

- Frederik Holm -

In diesem Buch erfährst du:

- ✓ Wie du mit genialen Lerntechniken endlich das Lernen lernst.
- ✓ Wie du stressfrei Bestnoten schreiben kannst.
- ✓ Wie du vom Aufschieber zum Lernprofi wirst.

Und noch Vieles mehr!

STOIZISMUS

- Johannes Lichtenberg -

In diesem Buch erfährst du:

- ✓ Wie du zum Fels in der Brandung wirst und jede Situation meisterst.
- ✓ Wie du die unerschütterliche Gelassenheit eines Mönchs erlangst.
- ✓ Wie du resistent gegen Stress wirst und dich nie wieder aufregst.

Und noch Vieles mehr!

Konfliktfrei durch
Gewaltfreie Kommunikation

- Johannes Lichtenberg -

In diesem Buch erfährst du:

✓ Wie du Konflikte gewaltfrei löst.

✓ Wie du eine Beziehungen langfristig verbessern kannst.

✓ Wie du deine Gesprächspartner unbemerkt analysieren kannst.

Und noch Vieles mehr!

ESSENTIALISMUS

- Johannes Lichtenberg -

In diesem Buch erfährst du:

✓ Wie du täglich Zeit dazu gewinnst, wenn du dein Leben auf das Essentielle reduzierst.

✓ Wie du mental aufgeräumter wirst und so zu mehr Klarheit gelangst.

✓ Wie du durch Weniger im Leben, stressfreier und besser lebst.

Und noch Vieles mehr!

Die Klartraum Methode

- Paula Weinbach -

In diesem Buch erfährst du:

✓ Wie du jeden Tag zusätzlich einige Stunden an wertvoller Zeit gewinnst.

✓ Wie du dein Unterbewusstsein erforschen und programmieren kannst.

✓ Wie du komplexe Probleme im Schlaf löst und kreativer wirst.

Und noch Vieles mehr!

Hochsensible Kinder

- Paula Weinbach -

In diesem Buch erfährst du:

- ✓ Wie du dein hochsensibles Kind bestmöglich unterstützen kannst.
- ✓ Wie du deinem Kind das Leben erheblich erleichtern kannst.
- ✓ Welche Methoden euch auf eurem Weg am besten weiterhelfen.

Und noch Vieles mehr!

AUSGEGRÜBELT!
Grübeln stoppen in der Praxis

- Paula Weinbach -

In diesem Buch erfährst du:

- ✓ Wie du negative Gedanken endlich stoppen kannst.
- ✓ Wie du innere Blockaden beseitigen kannst und zur Ruhe kommst.
- ✓ Wie du dir nicht mehr über jede Kleinigkeit den Kopf zerbrichst.

Und noch Vieles mehr!

Intervallfasten
für Frauen

- Pauline Höppner -

In diesem Buch erfährst du:

- ✓ Wie du ohne Sport effektiv und langfristig abnehmen kannst.
- ✓ Wie du nur mit einer Stoppuhr dir die Kilos schmelzen lässt.
- ✓ Wie du ohne Verzicht auf Süßes deine Wunschfigur erreichen kannst

Und noch Vieles mehr!

Lust auf mehr? Unser Geschenk an dich!

Vielen Dank für den Kauf von diesem Buch und deinem damit verbundenen Vertrauen in uns als Herausgeber und in Paula Weinbach als Autorin dieses großartigen Buchs. Das bedeutet uns wirklich viel, weshalb wir dir den Ratgeber „Habit Hacks - 10 unscheinbare Schlüssel Gewohnheiten, die dein Leben verändern", als Download schenken - vollkommen gratis! Zudem möchten wir dir die Möglichkeit eines direkten Austauschs mit der Autorin anbieten. So kannst du z.B. deine Fragen, dein Feedback oder deine Anregungen Paula zukommen lassen - eine tolle Möglichkeit für die Kommunikation zwischen Leser und Autorin!

Diese kleinen und unscheinbaren Schlüssel Gewohnheiten verändern dein Leben - erfahre:

- ✓ wie eine kleine Veränderung beim Duschen deine Disziplin stärkt und dir einen Energiekick verschafft...
- ✓ wie eine Prise Salz dir einen Kickstart am Morgen verschaffen kann...
- ✓ wie eine kleine Einstellung an deinem Smartphone & Computer deinen Schlaf verbessert...
- ✓ noch weitere geniale und unscheinbare Habit Hacks!

Wenn du bereit bist, dein Leben mit einigen simplen Habit Hacks auf das nächste Level zu bringen, dann gehe jetzt auf

www.KRPublishing.de/gel

und sichere dir dein kostenloses Exemplar als digitalen Download.

Impressum

Herausgeber:

KR Publishing UG (haftungsbeschränkt)
Mundsburger Damm 26
22087 Hamburg
Deutschland

Copyright © 2020 KR Publishing
Alle Rechte vorbehalten

Printed in Poland
by Amazon Fulfillment
Poland Sp. z o.o., Wrocław

72178903R00081